河出文庫

泣きかたをわすれていた

落合恵子

kawade bunko

河出書房新社

目次

泣きかたをわすれていた

「おかあさん」

そう聞こえた。少しくぐもった囁《ささや》くような声に、わたしは振り返る。ようやく辿り着いた言葉を引き寄せるように、声帯を震わせている……。そんな感じに響く。

「おかあさん」

確かにそう呼んだのだとわかった。言葉を覚えたばかりの幼い子どものようにたどたどしく。

「おかあさん」

掠《かす》れた声がまた呼ぶ。目がわたしに向いている。

「聞こえてるよ」というように頷いてみせてから、子機の向こうの別の声をも、わたしは聞いている。

紛《まぎ》れもなく自分の母親そのひとに、「おかあさん」と呼ばれた娘は一体どうすればいいのだ、どう応えたらいいのだろうか。

東に向いたガラス戸から差し込む光は、新しい春がすでに巡ってきたことを伝えている。昨夜からの雨があがって、ベランダの花も遠くの樹々も輝いて見える。清々《すがすが》しい朝が午前中に変わる時間。

早く切りたい気持ちに急《せ》かされて子機を耳に当て直し、受話器の向こうの声と改めて向かい合う。

「お待たせしてごめんなさい。いえ、大丈夫です。ちょっと……」

受話器の向こうの張りのある若い女性の声に、こちらの事情を伝えるわけにはいかない。介護には遠い年代だろう。

来週、母は七十九歳になる。その誕生日のケーキを電話で注文していたのだった。

「……はい、名前はもちろん入れてください」

母の目が思案気に宙を泳ぐ。その目に頷き返しながら、わたしは電話の問いに応えた。

滞《とどこお》りなく話をしているつもりだが、声が喉に引っかかる。子機を握る掌が汗ばんできている。

わたしを「おかあさん」と呼んでいるのが母で、呼ばれているのが娘のわたしだという現実にわたしは急いで向かい合いたいのだ。そうしたところで、わたしにできることはなにもない。またひとつ増えた母の変化に戸惑い、抗《あらが》いながらも、結局は受け入れるしかないのだ。それもまた知っている。

　母がルームシューズをマヨネーズと言ったことがあった。介護が始まってから、そんなことはたびたびだった。

「マヨネーズをとってきて」

　真夜中、突然ぽっかりと目を開けた母に驚くほどはっきりとした口調でそう催促《さいそく》されて、怪訝《けげん》に思いつつも冷蔵庫に走った。けれどベッドで待っていた母は言った。

「それじゃないの！　マヨネーズ！　マヨネーズよ」

「だから、これ……」

　チューブを握りしめて、わたしは途方に暮れた。

　あの頃の母は怒りっぽかった。自分の身に起きていることの正体を確かめられないまま、圧《お》し潰《つぶ》されそうになっていたのだろう。

「それじゃないでしょ」

　焦《じ》れた母の声を思い出す。自分の内側からこぼれ落ちていく記憶たち。戻すことも止めることもできずに、母は立ち竦《すく》んでいたに違いない。

　近所に買い物に出た母が、帰り道を忘れた最初はいつだったろう。わたしの知らない誰かの名前をあげて、共通の知人かのように話した午後もあった。

「いま、会って来たところなの。一緒にココア飲んできたのよ」

楽しそうに語ったが、母がその日一日どこにも出かけなかったことをわたしは知っていた。

そんなことが目まぐるしく頭をよぎる。

けれど、おかあさんと呼ばれるのははじめてのことだった。

母の症状にあっては、それはルームシューズをマヨネーズと呼ぶのと一連のことなのだろう。母が日に日に変わっていく。日に日に症状がすすんでいる。医師は、認知症における同類の発症であり反応だと診断するに違いない。けれど、わたしは日に何十人もの認知症の患者を診断する医師ではなく、たったひとりの母親を介護している娘だった。

母にとって、わたしの母であること以上に大事なことはないはずだった。

そのことが、とても息苦しく思えて、そこから逃げたいと思ったこともあった。自分という存在が、誰かの生きる理由になる……。わたしは誰かの生き甲斐《いがい》になりたくないし、誰かを自分の生き甲斐にもしたくなかった。しかし介護が始まると、暮らしのすべては、母を中心にまわるようになってきていた。

考え過ぎてはいけない。あるがままを受け入れることだ。それ以上の何ができるだろう。わたしは自分に何度もそう言い聞かせてきた。

たぶんこうなるであろうと想像している予感のひとつひとつが現実となって、わたしの前に立ちはだかってくる。しかし、わたしが母に「おかあさん」と呼ばれる日が来るとは。想像が現実になるまでの速度はきわめて速く、距離もまた短い。

少なくともわたしの想像力は、そうなって欲しくない方向へと大きくハンドルを向けてきた。想像が現実になった時、じたばたしないですむように。しかし、しょうもない想像がもたらす近い未来図があまりにも速く具体的な現在となって次々に立ちはだかってくる。わたしは息を切らし、足をもつれさせながらようやく現実に追いつき立て直す……。納得できなくとも受け入れる……。そんな日々ばかりになってきた。時間をかけてひとつの納得に辿り着く前に、すでに次の納得のいかないことを母は差し出してくれた。

バースデイケーキの注文をそそくさと済ませて、母の前に戻る。

母の誕生日の計画で、今朝はいつもより心が弾《はず》むはずだった。そんな時間が母にもわたしにもあってもいいと計画したことだった。

特製の苺《いちご》のショートケーキ。真っ赤な苺と白い生クリーム。その真ん中に置かれた母の名前を記したチョコレートのメッセージボード。「おめでとう」の声々。目を瞠《みは》る母を考えて、わたしひとりテンションをあげたのだ。恒常的な睡眠不足も、身体のどこか深いところに降り積もった疲労からくるだるさも吹き飛ばしたはずだった。なのに……。奮発した思いを吹き消した、「おかあさん」と呼んだ母のひとこと。

喜ばせたいと願うそのひとが、ほんの束《つか》の間《ま》のわたしの喜びを奪う。

「ま、いっか」

わたしは声にして言った。

ま、いっか。この言葉に幾度救われてきただろう。その言葉で区切りをつけない限り、目の前で起きる変化に対応することはできなかった。

白髪のまつ毛が疎《まば》らになった二重まぶたで、童女のように母はわたしを見つめている。

ひと昔前に逝《い》った祖母を、母は不意に呼んだのだろうか。しかし、さっきの母の口調はわたしに向けてだった。

母は現在、自分が誰であるかも、名前も住所も忘れている。その事実に自ら苦しみ悩むこともすでになくなっているようだった。

剝きたての茹《ゆ》で卵《たまご》のようでも、風呂上りのようでもある化粧気のない顔を、母はいまわたしに向けている。

時々現実に戻るのだが、すぐにその意識は再びどこか遠く、「あっち側」に飛んでいってしまう。記憶と忘却とのまだら模様が、母の前にも母の中にも広がっているようだ。

「……ねえ、冬子《ふゆこ》。わたしはどうしたんだろうね。足し算も引き算も、とても簡単なのができなくなってしまった」

暗算が得意だった母の途方に暮れた言葉を聞いて、もうずいぶんになる。

「……ねえ、冬子。名前が書けなくなっちゃった。どうしたんだろう、わたし」

自分の身に一体、何が起きているのかと不安そうな表情で、母が問い質《ただ》した時期はとうに過《す》ぎている。

母の「あっち側」での時間が以前に比べてはるかに多くなって時がたっているのに、そして、そのことをわたしは否応《いやおう》なく受け入れているはずなのに、ふっと受け入れ難くなる瞬間がある。たぶん母はほとんどの時間を「あっち側」で過ごしているのだろう。自分の変化に途方に暮れていた母が、いまでは懐かしいほどだ。

「あっち側」で母はひとりで今日を迎え、今日を見送り、わたしは「こっち側」でおろおろしながら母を見つめるだけ。「あっち」と「こっち」、対極に思われるふたつの面をどこでどのように重ね、結んでいったらいいのか。生活的なサポートをしてはいても、彼女が彼女自身であるそれ自体を、わたしはきっともう支えることができないところまで来ているに違いない。

新しく生まれてきた不思議なひと……。そんな風に母を見ていくほうがいいのかもしれない。

心が抜け出してどこか遠く、「あっち」を浮遊しているように思えるのに、母の目はいまわたしを見つめて離さない。初めて会ったとも、知っているよともとれる不思議な表情は、不思議なひとの目差しに似合っていた。

ここに居ながら、ここには居ない母。

「だいじょうぶ」、わたしは自分に言い聞かせる。

いつだってそうだった。いつも超えてきた。ひとつの困難に遭遇すると、ファイティングポーズをとってしまうわたしの性格。その反射神経がわたしを、時に母をも疲れさせてしまうのだと知りながらも、わたしは変えることができない。

発熱、緊急外来。ヘルペス、その場で決まった最初の短期入院。あの頃、母の意識に異変はなかった。

「……すまないわねえ、忙しいのに。わたしはだいじょうぶだから、さあ、早く帰りなさい。ありがとう。気をつけてね」

母のそんな言葉に見送られて病院を後にした。

しかし入院したあの夜に、母はベッドから転落したのだ。背中一面から尻にかけて広がった新しい青痣《あおあざ》。翌朝の着替えですぐに気づいたほどの大きな痣だった。

「どうしたの、これ。痛いでしょう」

「だいじょうぶ」とか細く答える母。ことを荒立てることを極力嫌う母の性格を充分知りながらも、苛立つわたし。

「だいじょうぶなわけないでしょう。痛いはずよ、こんなになって」

「だいじょうぶよ」

聞こえているはずなのに忙しさに紛れるように素知らぬふりをしているようにも見える看護婦たち。彼女たちが看護師ではなく看護婦と呼ばれていた頃のこと。そのひとりに敢《あ》えて穏やかに声をかける。

「すみません、教えてください。これはどうしたのでしょうか」

咎《とが》めているのではない。事実を知りたいだけ。そんな思いをこめて、わたしは言った。

「昨夜はなかったのですが」

張り裂けそうな思いに襲われながら、わたしは感情を抑えて訊く。背中の青痣を示してから、申し送りを読み直すようにノートに目を落としたままの看護婦の声を待つ。

「落ちたようです、ベッドから」

わたしの視線を外した看護婦は「もう少ししたら主治医が来ますので」と小さな声で言って、病室を出ていった。

内科の病室に昨夜は空きが無くて、外科病棟に臨時に入院していたのだった。

病棟にオルゴール音で『蛍の光』が流れる時間だった。母を病室に残して帰らなければならない時間が迫っていた。

「だいじょうぶよ」

母はおっとりした口調でまた言った。

「今夜がはじめての入院ですね。急ですものね。準備もいろいろあるでしょう。急がなくてもいいですよ。当直にも伝えておきますから」

若い看護婦が親身に声をかけてくれた。

「心配しないで。ありがとう。早く帰りなさい」

母はむしろ娘のことを心にかけていた。

「だいじょうぶ」。どんな時でも母は言う。「だいじょうぶ」とはほど遠い状態にいる時ほど、と言ったほうがいいのかもしれない。

その夜、母を残して病室を出る時、わたしはサイドレールをセットした。ベッドの両端に差し込む柵のようなもので、病院で初めての夜を迎える母が何かの拍子に起き上がってベッドから落ちたりしないようにセットし、トイレに起きる時は必ずナースコールをするように何度も伝えたことをはっきりと思い出していた。

主治医からの説明は簡単だった。夜中に母は「帰る」と言い出したのだという。どうにかベッドに戻したものの看護婦が気づいた時には、ベッドに立っていて転げ落ちたのだと言った。

「やむなくベッドに拘禁《こうきん》し、導眠剤を飲んでもらって眠ってもらいました」

母の両の手首には擦《こす》れたような薄く赤い輪があった。それも青痣のあとに気づいたことだった。

痣の割には骨折はなく、「気づくのが遅くて、申し訳ありませんでした」。若い外科医は詫びを言った。

思えば、青痣のあの日から、母は新しく生まれた不思議なひとになったのかもしれない。

その後、母は幸い熱は下がったが、ヘルペスとパーキンソン症候群という診断書を携えて転院した。新しい総合病院では、パーキンソン症候群からパーキンソン病へと診断も変わった。

セカンドオピニオンを求めて、母の診断の資料が入った紙袋を抱えて回った幾つかの病院。サードオピニオンでアルツハイマー病も加わった。初期投薬だったら進行を緩くするという薬も、「間に合わないでしょう」。そう言われたのは、発症して二年半がたってからだった。一方の腎臓の機能不全。それから、それから……。

今度は乗り越えられそうもないと思える大きな波に飲み込まれそうになるたびに、以前の波と比較する習慣がいつの間にかわたしにはできていた。あの時も乗り越えられそうもないと思っていた。あの時もまた。それでも母は自力で乗り越えてきてくれた。だから今度も「だいじょうぶ」。

　寒くない？　痛くない？　気分悪くない？　何を訊いても、「だいじょうぶ」としか答えない母の口癖がわたしにもうつっていた。ひとつの困難に遭遇するたびに母もまた、「だいじょうぶ」と自分に言い聞かせて生きてきたのだろうか。そしていま、わたしも同じように自分に言い聞かせるのだった。フラッシュバック。母の内側と外側で起きたことのひとつひとつの記憶が、鮮《あざ》やかに甦る。が、すべては過ぎたことだった。わたしが見つめなければならないのは、いまの母と、母のいまでしかない。

「おかあさん」

　今度はわたしが母を呼んだ。

　静かに低く、ゆっくりと。母自身、元気な頃、そういった声音であり口調だったことを思い、意識的にわたしもそうしていた。

　ベビーピンクのシーツ。それと対のピローケースにくるまった低反発の枕の中から、母はわたしに視線を向けた。穏やかな表情だ。いましがた娘を「おかあさん」と呼んだことなど、すっかり忘れている。

「あ、ちょっと失礼しまーす」

　タオルケットの下、体圧を分散するというマットレスと母の腰の下の間に手を差し入れて、確かめる。ＯＫ。尿取りパッドは濡れていない。自分が尿取りパッドを使っているという認識も、いまの母にはないはずだ。

「おかあさん」

意味なくわたしは再び呼んでみる。

頬の肉が落ちた分だけ、鼻が高く見える母の顔。上瞼《うわまぶた》が深く窪んだせいで、二重の大きな目はさらに大きく見える。長く密で自慢だったまつ毛は疎らになり、とうに白髪になっている。

表情が険しくなることは最近めったになく、一日のほとんどをむしろあどけない表情で過ごす母。

心からも身体からもあらゆる欲望が零《こぼ》れ落ちると、ひとはこんなにも無垢《むく》な表情になるのだろうか。

阿修羅と天使。以前の母にはふたつの顔があった。が、最近、母の阿修羅はなりを潜めてしまった。自分の身に何が起きているのか見定め、いままで通りの日常に戻ろうとする母なりの積極的な意欲が母を阿修羅にしたのなら、発症直後の阿修羅の母をわたしはむしろ求めたい。そして、それよりずっと前にも母には阿修羅であった長い年月があった。

強迫神経症、不潔恐怖症。第一期とも呼べる、母の阿修羅の期間。わたしが小学生の頃から始まった症状。頑《がん》として誰をも受け入れなかった。

ただただ手を洗い続けた。祖母や叔母が強引に流しから引き離そうとすると、小柄な母のどこに、と思うほど強く抗った。「放っといて。わたしが気のすむまでさせて」。誰にも目を向けず、一点を見つめた形相が凄まじかった。

「阿修羅だよ」。祖母の呟きを聞きながら、見たこともない母の表情から目が離せなかったあの時期に、懐かしささえ覚える。

母にとってはいまのほうが楽に見える。それならそれでいいじゃないか。そう受け入れる以外に何ができるだろう。

「……この先、何があっても不思議ではありません」

どこの病院でも担当医はパソコンの画面から目を離すことなく抑揚《よくよう》のない口調でそう言って、次の予約を打ち込んだ。

「母の目の前で、そんなことはおっしゃらないでください」。そう口にしたら、このいかにも凡庸《ぼんよう》に見える医師は変わるだろうか。わたしは唇を嚙みしめる。凡庸な医師に怒り、有無を言わせず断定する別の医師に心のうちで抵抗し、何の説明もしないまま次のステップの治療に入る別の医師に苛立つ患者とその家族たち。わたしたちもその中の一組だった。

わかっている。母は、あなたたちが診《み》る大勢の患者の中のひとり。それも高齢で、なんらかの研究の対象にもならない、ありふれた患者のひとり。心療内科でも外科でも泌尿器科でもそうだった。

在宅医療に切り替えて、あの大きな総合病院はわたしと母の中から消えた。中庭の桜並木が見事な病院だったが、行くことはなくなった。ひとつのストレスが消えてくれた幸運を、いまは素直に喜びたい。

「おかあさん、もうすぐお昼よ。何、食べたい？」

答えが返らないことを知りながら、わたしはいつも声をかける。ずっとそうだった。返事がないからといって、会話を諦めたくはなかった。もしかしたらという奇跡を夢見るその瞬間までを、放棄したくはなかった。ある日ふっと昔の母に戻る。そんな奇跡など起きるはずはない。心の大半では打ち消しながら、わたしは期待しないまま願っていた。

「何が起きても不思議ではありません」と言われ、「何を言ってもわからないと思いますよ」と告げた医師たちの言葉を、母は忠実に裏付けていく。

しかし、時々夢想することがあった。何が起きても不思議ではないと言うのなら、ある日、母が長い眠りから覚めるように自分を取り戻すことがあるかもしれないじゃないか……。

小さな顔がわたしを見ている。見つめているというのとは違う。気配がしたから、その方角に目をやっただけ。そんな感じだ。

天井に幾何学《きかがく》模様の光があった。新しく生まれ変わった不思議なひとの目は、新しいものを探し出す。そうされると、ひとり取り残されるようで、わたしは淋しくなる。椅子を外して床《ゆか》の上に跪《ひざまず》き、母と目の高さを合わせ、わたしは耳元に唇を寄せて囁く。

「何を見ているの？　おかあさん」

母の視線がゆっくりと、本当にゆっくりと宙をさまよう。声を探している。そんな変化に、母にわたしの声が届いたのだと喜ぶ。そこまでのことだ。いつものことだ。

「おかあさん、わたし、ここにいるよ」

しかし小さな顔は、小さく頷くでもない。

わたしが母に向かって差し出せる自然に見える反応の多くは、敢えての努力の結果だった。笑いも喜びも、はしゃいだ口調も浮かれた様子も。

誕生日やクリスマス、そして新年。いつもと違う特別な非日常を母のために用意している時、わたしは束の間の元気を手にする。アドレナリンの分泌はわたしに一瞬の興奮を連れてきてくれた。わたしたちは、その束の間を精一杯楽しむ。

わたしたち？　楽しもうとしているのは、わたしじゃあないか。完全に打ちのめされてはいない自分を確かめるために。

　誕生日の贈りもの。リビングルームの真ん中に置いた二メートルものクリスマスツリー。カレンダーに貼った幾つもの星型のシール。「わたしたち」の記念日。すでに祭りを終えたシールはそのままにして、新しいシールを増やしていく。シールのひとつひとつが、母とふたりでつくりあげた祭りだった。いつか、カレンダーからすべてのシールが消える日が来る……。

　今年中に祝っておかないと来年は……。そんな切羽詰《せっぱ》まった気持ちが、その都度やってきた。一方、ずっと先にある大きな祭りよりも、そこまで来ている小さな祭りをとにかく楽しんでおく。そのことのほうが、わたしにははるかにかけがえのないものに思えるのだ。そして、いま目の前にあるのが、母の誕生日だった。

　ノリのいい曲をがんがん流し、ケーキと花とプレゼントを準備する。積極的な浪費の時。意図的な浮かれ遊び。祭りの準備は楽しかった。そのことを考えている時だけ、日常からわたしは高く舞い上がり、少しだけ自由になれた。

　まったくのその日暮らしだった。「その日暮らし」を英語の辞書で Live from hand to mouth と中学生の時に見つけてクラスで自慢したものだ。手から最短距離で口へ。具体的過ぎてせつないこの熟語に、少しだけ希望的意味を加えたくて、「積極的その日暮らし」と使ってきた。

母と娘の、積極的その日暮らし。それが介護の中でわたしが見つけた、「わたしたち」の暮らしかただった。

そのためにも遊びが、祭りが必要だった。一日のうちの十分間、ひと月に半日、半年に一日ほどの、手作りの祭り。冷静に考えるなら、無意味な散財。もう袖を通すこともないであろう母に似合いそうな服の贈りものたち。しかしそれらは、母がここに居ることの証《あかし》。代官山にあるブティック。生成《きな》りのゆったりとしたワンピースを鏡の前で当ててみたわたしに、店の主らしい女性が言った。

「お似合いになりますよ」

「いえ、わたしのではなくて、母の誕生日のプレゼントなんですよ」

母の状況など伝える必要はない。客であるわたしの言葉の向こうに見え隠れする母は、元気で幸せでお洒落《しゃれ》な高齢者のイメージそのものだったろう。

大袈裟《おおげさ》なリボンがついたプレゼントボックスを抱えて店を出る。「今度はお母様とご一緒にぜひ」。そう言われることの幸福と不幸。わたしは、幸福な客のまま店を出る。

「そうでもしなきゃ、やってられねぇんだよ」

正直な気持ちを言ってしまえば、そんな乱暴な言葉の方が似合うだろう。自分の心のうちを、わたしはわたし自身に説明する。はしゃぎ過ぎた祭りの終わりが虚しく淋しいことを充分に知りながら。祭りがなければどうにも超えられそうもない。

母を愛していた。同時に愛情とは違う何かがあることも事実だった。たとえばそれは執着。一日でも長く母のいのちがここに居てくれることに、わたしはわたしのために固執しているのだ。

それでもたまに、どうしようもない疲労の渦の中で、うめくような問いが心をよぎることがあった。

「いったい、いつまで続くの？」

そしてそのあとは決まって、そんなことを考えてしまった自分を憎悪するのだった。憎悪しながら思うのだ。

「わたしが子どもだった頃、わたしがいなくなればいいとおかあさんは考えたことはあった？」

「子どものわたしから自由になりたいと思ったことはあった？」

「子どものわたしを、一度でも邪魔だと思う瞬間がおかあさんにあったらよかったのに。そうしたら、わたしは罪悪感を抱くことから解放されるのに。たとえば、ひとりの男と会う約束の場所に急ぐ時、ついていくと愚図《ぐず》る幼いわたしを、おかあさんは持て余したことはなかった？　そんな時が、おかあさんにもあって欲しかった」

……母性愛。わたしを未婚で産んだ時、二十二歳だった彼女はどこでそれを学習したのだろう。それは学習……。そう思いたいわたしがいた。本能というあいまいな言葉と納得に、ひとの人生や愛情を閉じ込めて蓋をしてしまうようなやりかたに反射的に抵抗を覚えてしまうのは、なぜだろう。そしていま、わたしが母に向けている愛情、あるいは執着も、わたしはどこで学習したのだろう。そのひとから愛されたという日々が、愛することをわたしに教えてくれていた。お返しのように、愛された受動が愛するという能動にとって変わる時。それが、この介護という時間なのだろうか。

母が小さく欠伸《あくび》をしている。

「おかあさん」とわたしを呼んだのは、母の中に切なく刻まれた記憶のせい？　ほとんどを忘れていくのに、母の中にまだ留《とど》まっている孤立の記憶。娘を「恥さらし」と咎《とが》めたあのひと、祖母のことだ。その祖母に肯定され、認められることを、母はどれほど望んでいただろう。

祖母は祖母で、生きていくということとは失うこと、失望すること、侮辱《ぶじょく》されること、自分の非力と無力をつきつけられることといった人生だったに違いない。三十代そこそこで夫を亡くし、遺《のこ》されたのは四人の娘たちと、涯《は》てなく続くと思われた暮らし。長女である母が、婚姻外でわたしを産んだことで、祖母の夢ははかなく潰《つい》えたのだ。素直で真面目で親思いの長女。彼女が人品卑しからぬ男と結婚する。できうるならば高学歴で、見栄えも悪くはない男。さらに安定した収入があればなおのことい い。それが娘に懸ける祖母の夢だった。そして、娘夫婦と同居して、孫の世話をしながら安定と安心の老いの保障を手に入れる。祖母には他のどんな夢よりも実現可能に思えたに違いない。夫が早逝《そうせい》した途端に夢が破綻した祖母は、長女に頼る夢にすがるしかなかったのかもしれない。その夢を懸けた娘が「父《て》なし子《ご》」を産んだ。

祖母は近隣のひとの言葉をそのまま真似て、母を詰《なじ》った。「世間体が悪い」、「恥知らず」、「不道徳」、「うちの敷居は跨がせない」。周囲の差別や偏見には敏感でありながら、長女に向けては余りに鈍感な言葉を浴びせた祖母が、幼かったわたしにも不可解だった。

すべての被差別者が、受けた差別に向かって立ち向かうとは限らない。被差別者の群れから、頭ひとつ抜き出ることを求めるもののもいるだろう。自分を差別し、切り捨てる側に受け入れられることをむしろ渇望するものもいるだろう。祖母もまた、そんな悲しい被差別者のひとりだったのかもしれない。いまのわたしにはわかる気がする。自分が受けてきた侮辱への憤りは娘であるわたしの母に向かい、一方で過剰な憐憫《れんびん》と同情で孫娘のわたしを抱き寄せた祖母。「可哀そうな孫」、「不憫な子」、「きっと結婚できないよ、この子は」。祖母を愛しながらも、祖母を憎む瞬間が子どものわたしには何度かあった。

そしてもうひとつ不可解だったのは、ほとんど黙して耐える母だった。そうすることで、自分が選んだことへの償いをしているのか。わたしの誕生は、母にとって償わなければならないアクシデントだったのだろうか。ふと心に湧いた不信を、わたしは笑い飛ばす。

さしたる不幸でも悲劇でもない。敗戦を迎え、法的には家制度や家父長制が消えた後も世の中に蔓延《まんえん》し続けたパターナリズムという幻想。父であり夫であるひとが居ない家にありがちな、自分たちは普通ではないという過剰な劣等意識。他者との比較の上でしか成立しない幸福と不幸。

うんざりするほど、よくある物語。その結果、母と娘は互いが互いを縛り付ける鎖となる関係。

けれどわたしは、祖母と母の遺産とも言える母娘の物語を相続することを拒否したのだった。

「あなたは、どう思う?」、「あなたはどうしたい?」、「じゃあ、そうすることよ」。母はことある毎《ごと》にわたしに言った。それは、わたしを解き放つ言葉であると同時に、そう言うことで母は祖母の常識に抗ったのだろう。

十代から五十代まで、わたしは母との適度な距離を探り続けてきた。離れ過ぎず、けれど依存しない関係性。風の通り道を確保できる距離。現実にそれが実現できたかどうかは別として、母もそれを望んでいたように思えた。

わたしたちは共依存のようになることを怖れていた。愛する人に世話をされることを、もっともっとと求める依存。もっともっとと差し出すことへの依存。互いが愛という鎖で縛り合う支配。相手に必要とされることを常に必要とし、互いが互いの救済者になりたがる関係性。絶えず自分を後回しにする役割に充実を感じるような、母と娘にはなりたくない、と。

「あなたの人生だから、あなたが好きなように生きていいのよ。誰に遠慮することもない。もちろんわたしに対しても同じよ。自由に伸び伸びと、あなたはあなたを生きていきなさい。それが母親であるわたしへの最高の贈りものでもあるのよ」

母の言葉だった。意味さえまるでわからない頃から言われ続けた。決まって手を握って言われたことは、わたしの心に絵となって焼き付いている。

しかし、七十代になった母に介護が必要となってからは、ある意味、わたしたちは共依存の関係に一気に突入していった。少なくとも、わたしはそうだった。それでいいと決めたのだ。母は食事も排泄《はいせつ》も着替えもわたしに依存するしかなかったし、その母を支えるという行為と役割に、わたしもまたある意味で依存していった。それに、とわたしは考えるようになった。多かれ少なかれ、親密な関係性には共依存の要素が隠されているはず、と。

それにしても、この社会で、女を生きていくのはなんと重いことか。男にはわからない。男が作った枠組みを信じ、その中で忠実に生きる女もまた目を逸らし続ける抑圧。母が内側にためこんだ疲労を、娘はだから、外に向けることに専心したのかもしれない。

仕事を持ち続けること。自分の収入で暮らすこと。そしてできるならば、自分の仕事が他の女や子どもに、もしそうと言ってよければ僅《わず》かでも生活の安定と希望のようなものを分配できる仕事を立ち上げること。

わたしは自分の岐路で、いつもそう考えてきたような気がする。そしてわたしが、三十年前、子どもの本の専門店を開いたのも、母から教えられた自立に繋がっていたのではなかったか。

本屋の名前は「ひろば」だった。出入りの自由な空間。「いらっしゃいませ」。「何かお探しですか?」、「ありがとうございます」。それだけで完了できる、淡い関係。親子のように、ずっと引きずるもののない関係を、わたしは心地良いと考えていた。「あなたの領分だから」。母は「ひろば」に顔を出すことはなかった。「一度ぐらい来たら? あなたの娘の店よ」。「スタッフの方々が気を遣うだけ」。結局母は、「ひろば」を訪れることは一度もなかった。

かつて母と交わした会話を思い出していると、母がぽっかりと目を開けた。

ここはどこ？　母の視線が不安げに揺らぐ。

「ジュース、飲もうか」

母を現在に引き戻すために訊いてみる。返事はない。

「……間違ったことを言っても、同じことを繰り返されても、頭ごなしに否定などせず、急《せ》かさずに、やさしく穏やかに対応してあげてください。誰よりもご本人が最も不安なのです。混乱されているのです。すでに、いつもの自分とは明らかに違うのではないかという思いはあるのです。その気持ちをまずはご家族が受け止めてあげてください。それは間違っているとか、さっきも同じことを言ったとか、何度も言わないでとか、否定し続けると、ご本人の心に、厚い壁が作られてしまいます。一度できてしまったその壁を取り除くことはとても難しくなります。どうかそのことに気をつけて接してあげてください」

仕事を抜け出して参加した介護についての学習会。どこかの病院の看護部長だというひとが、ホワイトボードを背にして言った。

自分の親がそうであった時、彼女はどんな介護をするのだろう。彼女の介護はこれから始まるのか。仕事と並行していままさに介護をしているのか？　それとも親をすでに見送っているのか？　その介護の中で何らかの医療現場の不備に、彼女は気づいただろうか。納得できないことはなかったろうか。そしてそれを彼女は公に向かって、言葉にしたことはあるのだろうか。

「おかあさん」

もう一度わたしは呼びかける。

やや間があってから、母が口を小さく開いた。口を開いてから、声帯の使い方を懸命に思い出している……。そんな間があった。

「はーいっ」

小さな口から少し間延びした返事が返ってきた。その声をもう一度聴きたくて、わたしは呼んでみる。

「おかあさーん」

「はーいっ」

わたしの口調を真似て、母が返事をする。

だいじょうぶ。戻ってきたね、おかあさん。いまは「こっち側」に還ってきてくれているね。

「おかあさんは、わたしのおかあさん、だよね?」

わたしは訊いてみる。いつものように一度宙をさまよってから、わたしの顔に母の視線は止まった。まじまじとわたしを見つめる目には力さえ感じられる。

母はふっと笑って、言葉を続けた。

「わたしは、あなたの、おかあさん、です」
お帰りなさい、おかあさん。

鶏肉のささみ。スナップエンドウ。法蓮草《ほうれんそう》。人参。トマト。それらをそれぞれ小皿にのせてトレイにまとめて母のベッドに運ぶ。ささみはもとより、すべては原型のまま。それらを一度母に見せる。それから、キッチンに戻る。母がわかってもわからなくとも、わたしはそうした。ささみはオリーブオイルでソテーして、薄口醤油と乾燥ローズマリーで薄味をつける。

スナップエンドウは茹でる。きれいな緑色に茹であがるように塩を少々。法蓮草はおひたしに。人参は茹でてからマリネ液に。それらを手早く調理してから、まな板にのせて、細かく細かく刻んでいく。トマトも細かく細かく。それに玄米粥とシジミの味噌汁。それが今日の母の昼食だった。一度母に見せるのは、刻んでしまうと原型が残るものはほとんどないからだった。得体の知れないものを母の口に運びたくはない。そう思う気持ちが強かった。母がわからなくてもそうした。母のために、と言いながら、結局わたしは、わたしの満足のためにそうするのだった。

刻み食は、ほどなくしてミキサーで攪拌《かくはん》されたとろみ食となった。

「親を在宅で介護するなんて。フェミニストのあなたがなぜ？　性別分業を介護に持ち込むの？　あなたがずっと反対していたことじゃないの」

受話器の向こうで、女友だちが尖った声をだした。かつて勤めていた出版社で同僚だった久保田広美《くぼたひろみ》は、このところますますジェンダー論に傾倒していた。

ほとんどすべての運動は遅れてきたものが当初より過激に厳格になりやすい傾向があるようだ。フェミニズム、ジェンダー論に入門したての久保田広美もそのひとりだった。

自分探し、自分らしく生きる、という彼女の口癖。自分の内側に自分を探さないで、どうやって自分の外側に自分を探すの？

「在宅での介護ってフェミニズムに反してると思うよ」

広美は言い募《つの》る。今夜も酔っているのだ。

「どうして反するの？　母には娘のわたししかいないし、わたしが息子であっても、やはり自宅で介護したと思う。それがいいと言ってるわけじゃなくて、わたしがそうしたくて、そうしているだけ」

「介護を女の仕事だと固定化する社会に対して、あなた、異議ありだったんじゃない？」

「そうよ。女を福祉の含み資産にすることに対しては、いまだって異議あり、よ。介護保険は、ひとりの女、娘や、息子のつれあいが家にいることを前提にして成立したんだから」

「それでも、あなたは在宅で母親の介護をすることを選んでるんだよね。家制度を蹴とばすところからフェミニズムははじまるんじゃなかった？」

「わたしが自分の意志で母を介護することが、フェミニズムに対する裏切りになるとは思えないな。誰に強制されたわけでもなく、自分の意志でそうしたいから、そうしている。……個人の多様な選択を認めるのも、フェミニズムのはずじゃない？　そうしたからといって、わたしは他のひとに勧めもしないし、強制もしない。それぞれがそれぞれ望む形で介護を受け、介護を差し出せるような社会を望んでいることに変わりはないけど。わたしはそうしたいから、そうするだけ。ただそれだけのこと。そうできないひとも、そうしないひとが居ることも知っている。どれがいいってことじゃないと思う。介護のオプションがもっと沢山あって、介護を受ける側もする側も、それぞれがそれぞれの事情に応じてもっと自由に選べることを求める活動は、これからも続けるつもり」

「施設に入所させて、そこにあなたが通うこともできるのよ。どうして自分を疲れさせるのかな、あなたは」

広美は母親を施設に入所させていた。そのことを彼女が後ろめたく思わないように慎重に言葉を選んでいるつもりだった。

広美はわたしを心配してくれている。心配しつつ、どこか気に入らないのだ。でも、母の背中に広がっていた青痣をわたしは忘れられない。不幸な偶然と自分を納得させてはいたが、思い出しては落ち込むことがあった。同じようなことを繰り返したくはない、と素直に言わないわたしだった。

「どこかの施設に母をお願いしたら、そこに通う往復の時間だけでも大変。母が家に居てくれたほうが、はるかに時間の節約ができる。仕事にもそのほうが便利だわ」

「別に毎日行かなくたっていいんだよ」

「知ってる。でも、わたしはきっと毎日行ってしまうだろうな。……親子だからそうするっていうのでもないんだけどね」

「でも、あなたたち親子じゃないの」

「たまたま親子、といった感じかな。たとえ彼女が血がつながらない他の誰かであっても、彼女が求め、わたしがそうしたかったら、わたしはそうするよ」

「そう?」

「そう、だと思う」

勘弁してよ。わたしはいま眠っておきたいの。ごめん、以前のように酔ったあなたとだらだらと深夜の電話を楽しむ余裕はないのよ。舌打ちしたい気分になりながらわたしは話し続ける。

在宅でわたしが介護していることが、母親の介護を施設に委《ゆだ》ねている彼女の小さくはない棘《とげ》になっているのかもしれない。とはいえ、わたしは、自分たちのケースがベストだと思ったことはない。あくまでも、わたしたちの場合は、と考えていた。

母のことをあまり広美には話さないようにはしていたのだが、やはり気にしていて、酔いに任せてこうした直球を投げてくる。

「ね、介護でもなんでもそれぞれ違っていいんじゃない？　同じでなくてはと思うのは強迫観念でしかないわ。何度も言うけど、いままでも言ってきたけれど、わたしはそうしたいと思い、それが便利でもあるから、そうしているだけなの。何もかも同じでなくてはというのは幻想よ。多くの運動体はそういった幻想で結ばれている。フェミニズムも同じ罠に落ちようというの？　わたしたちに必要なのは、個々を認めること、違いを大事にすること、そして男性優位主義とか、性的暴力とかＤＶとか性的マイノリティへの差別とか……。そういったことに異議あり、と手を挙げ続けることじゃない？　フェミニズムは男性優位という意識と常識へのアンチ・ナショナリズムである、とグロリア・スタイネムが言ってたように思うけど、わたしも同感。わたしたち、母とわたしにとってベターな方向を探し続けるだけ。他の人のやりかたと違っても」

　言葉にすればするほど、広美を苛立たせると想像しながら、わたしは話し続ける。広美の感情も傷つけることなく、どう説明したらいいのだろう。わたしは、すべての母と娘の場合について語っているわけではなかった。広美には広美の選択があり、わたしにはわたしのそれがある。ただ、それだけのことなのに。

　いい加減、解放してほしいな。少し眠っておきたいのよ。二時間置きに体位を交換しなければいけないの、褥瘡《じょくそう》ができないように。もちろん、それもわたしが選んだことではあるのだけど……。

　叫びたい気持ちを抑えて、わたしは広美に言う。

「親子でなくても、そのひとと重ね合い、分かち合ってきた過去の日々が、わたしにそうさせていると言ったら、理解してもらえるかな？」

　彼女はたぶん理解したくないのだろう。広美は仕事を持った女が、それもフェミニストである女が、在宅で介護することをどうしても受け入れられないのだ。以前はよくいろいろな施設のパンフレットを送ってきてくれた広美である。

　なぜわたしたちは不毛な言葉をぶつけあわなくてはならないのだろう。あなたの場合とわたしの場合が違っていてはいけないの？　わたしは、そうしたいからそうしたのだ。そしてわたしにはそうする、ほんの少しの余力があるから。それが正直なところだった。むろん本能なんかじゃない。

久保田広美との電話を切って、わたしは眠る前の思いに沈む。

「ねえ、広美。わたしはあなたが選んだことを否定しない。それが、あなたのやり方だから」

わたしは知っている。介護にはいつか必ず終わりがくるということを。どんなに抗っても、やがては。その終わりに向けて、わたしは一心に走るだけ。他でもないわたしがそう決めたのだから。重い糖尿病や緑内障だった祖母を、母は在宅でほぼ十年介護した。祖母がそう望んだからであり、母もそうしようとしたからだった。

その祖母を見送った時、涙を流しながらも母は、むしろ晴れ晴れとした表情で言った。

「これで、わたしの大きな仕事がひとつ終わった」

母とわたしはオールド・ファッションな親子であることを脱出しようと互いに不器用な努力を重ねてきた。母は母で考えていたに違いない。自分が果たせなかった夢を、娘を代役に仕立てあげて実現するような親にはならない、と。自分がしたことは自分で引き受け、自分で刈り取っていく、と。そしてそのことに彼女はほぼ成功したのだと思う。

娘は娘で考えていた。母に引きずられ、飛び立つことができない娘にはならない、と。それはわたしに対してだけではなく、母の人生に対する冒瀆《ぼうとく》でもある、と。

わたしが子どもの頃から母は神経症を抱えこんでいた。目が覚めている間は一心に手を洗い続けた母。不潔恐怖症とも洗手強迫症とも呼ばれた終わりのない症状。

何かを洗い落とそうとして母はそうしているのだと思ったものだ。ふやけてしまった白い指先。液体洗剤のボトル一本を一週間で使い切る習慣。

祖母や叔母たちが、そんな母に苛立って、強い言葉を浴びせ、強引にキッチンや洗面所から引き離す風景は、何度も何度も繰り返されてきた。

「こうしてないと、落ち着かない」

キッチンで母と並び立った時、母はわたしにそっと言った。わかってよ、という言葉の代わりだったのだろう。それを聞いて、わたしは祖母や叔母に言ったものだ。

「好きにさせてあげて。いまは」

わたしは母に引きずられてはならない。どんな事情があったとしても、彼女は自分の意志でわたしといういのちを迎え、母になったのだ。わたしを産んだその時、ひとりの母親もまた生まれたのだ。赤ん坊の誕生によって、親も「生まれる」。その考えを、わたしは気に入っていた。

シングルマザーという状況を選んだ母を、わたしは美化したいとは思わなかった。それはそれで母の選択であり、自分が選びとったもの、その選択と同時に、その後からやってくるすべてに対しても受け取らなくてはならない。そのためにどれほどの重圧を感じたとしても。それは同情の類《たぐい》が入る余地のない現実だった。そして母は、それを忠実に完璧に成し遂げようとした。

おかあさん。あなたは完全を目指し過ぎたのかもしれない。それがあなたの神経を疲れさせていったのだと思う。

非嫡出子《ひちゃくしゅつし》を産んだということで、非嫡出子に生まれたということで、それぞれが受けてきた差別や屈辱は、生きている間に落とし前をつけようよ、おかあさん。差別を拓《ひら》くために闘うという形で。けれど、それはおかあさんがわたしを産んだこと自体とは別の物語なんだと思う。

あなたはわたしを産もうと決意した。そして産んだ。産んだその国の、その社会に、差別があったということでしかない。そしてその差別があらゆる差別と同根の構造を有している限り、生まれたわたしという子どもは、それを受け入れるのではなく、それを壊し、それを超えるために闘う……。

わたしの中のポジティブな意思はそう考え、一方で、その程度のことで社会は変わりはしないというシニカルな感触もあった。どれほど多くの人がこの闘いに挑み、その途上で死んでいったことか。

明るい絶望。あるいは敢えての楽観主義。

反原発や改憲に反対するデモに加わるいまも、わたしの中には、母を介護していた当時、心の片隅で見ていたのと同種の明るい絶望を見るのだった。

「立派なおかあさまね。頑張ってこられたんですよね。いろいろと大変なこともあったでしょうに」

「さあ、どうかな」

誰かがくだす母への評価を、わたしは素直に受け入れることができない。むしろ母を賞賛するひとに言いたかった。

「母がもし頑張ってきたなら、母のような女が頑張らねばならない社会こそ歪んでいると考えます。頑張らざるを得なかった母を賞賛するのではなく、社会そのものに問題があり、それを変えていきたいとわたしは考えています。頑張らなければならない社会そのものを。余計な頑張りを個人に強要する社会を、わたしは望みません。余計な頑張りを美談とする社会や人間関係にも、わたしは異議あり！　です」

余計な頑張り。余分なエネルギー。過剰な同情もむろん憐憫も、母に対しても侮辱的なことに思えた。わたしに対してもまた。

わたしの許可なしに、わたしに、「わかる」と言うな。そんな安易なものじゃない。

「おかあさん。ちょっとアップするからね」

電動式の介護ベッドのリモコンを手にして、背もたれをゆっくりと上げていく。小さく軋《きし》るような音と一緒に、背もたれの上の薄い母の身体も同時に上がっていく。

母の顔に不安げな表情が浮かぶ。

自分の身に起きるすべてに母は怯《おび》えを抱いているようだった。受け身にならざるをえない母にとっては、その連続なのだろう。介護される側とする側と。わたしたちは固定化された役割を生きるしかないのだろうか？　おかあさん。決められた役割は不自由だよね？

すべての検査、すべての処置、すべての治療の計画。それらを決めるのはわたしであって、母自身ではなかった。その事実が時に疑問を抱かせ、わたしを追い詰めた。母自身の人生であるのに、彼女には選択権も決定権もないのだから。

「だいじょうぶよ。ベッドが少し上がるだけ」

マットレスの上に置かれた母の手にわたしは自分の手を重ねる。不安そうな表情が消えて、背もたれが上がることによって自分の目の前で変わる新しい景色を、母はぼんやりとした表情で見ている。

「ベランダの花がきれいだよ」

母の背の裏に三角クッションを静かに差し込んで、その体位を変えてベランダに向ける。

体位交換。無機的で非個人的で、好きになれない言葉だったが、母には必要なことだった。母の部屋のソファ、夜にはわたしの簡易ベッドになるその上には、さまざまな大きさのクッションが置いてある。どれも母の身体の向きを変える時に使うものだ。

家の中で最も陽当たりのいい二階の部屋のひとつを母の部屋とした時、ベランダにはどの季節でも花があるようにしようと決めていた。ハンギングバスケットの花も、外路に向けてではなく、ベッドの母に向けてフェンスの内側にセットした。

「花は、一生懸命面倒をみれば、必ずそれに応えてくれるのよね」

元気な頃、そう言って丹精《たんせい》込めた母。わたしは、どんなに丹精込めても芽の出ない種子があり、花をつけない植物があることが、植物を育てる魅力だと思っている。ひとの思い通りにいかないことが、ここには確かにある……。それをひとつひとつ知ることが植物と向かい合う面白さだった。植物の小さな裏切りはむしろ、心地よかった。

しかし介護において、わたしは、母を自分の思い通りにしようとしてこなかったか。飲みたくもないであろう水を補給する。水ではなく、それは水分であり、一日の終わりに摂取量を計算してノートに記入する数値でしかなかった。食べたくもないのにスプーンを口元にもってこられ、こうしてベッドの背もたれごとアップされることも、ベランダの花のほうに身体を向けられることもまた、母自身が望んだことではない。

認知症に隠れた母の思いを勝手に汲み取って、できる限り母の意思に添うように努力はしているが、それが真実、母の意思と重なることがどれほどあるだろう。わたしにはわからない。わたしがわたしの意思で、母を「動かす」のだ。それがわたしの、深い後ろめたさになっていた。

わたしが母自身であったら、と考えることがある。わたしは、勝手に動かされることに拒否の反応を示すだろう。しかし拒絶する能力も失ってしまったら？　いつも目の前には、たくさんの矛盾や疑問、答えが出ない問いかけが立ちはだかってきた。それでも、わたしたちは介護の日々を共に走っている。

春を迎えたいま、母のベランダにビオラやパンジー、スウィートアリッサム、ノースポールといった花々が咲いている。イングリッシュラベンダーも濃い紫の花穂をつけ始めていた。

「フレンチラベンダーよりも、わたしはイングリッシュラベンダーのすっきりとした花が好きだなあ」

母とのそんな会話を思い出す。

あまりに色が氾濫《はんらん》しないように、メインカラーをオレンジと決めて、紫と少し多目の白をアクセントにしたこの春である。

「ロベリアもあるんだよ」

母がこの季節に特に好きな紫と青色のロベリア。小指の爪よりさらに小さな蝶々形の花。赤やピンクもあったが、母は青系の花がとりわけ気に入っていた。去年の秋に種子を蒔《ま》いたのが、ぽつぽつ開花しはじめていた。

「ロベリアは、朝陽や夕陽の中で観ると、発光しているようにきれいなのよ」

元気な頃の母の声音さえも憶えている。

苦労したはずなのに、母にはどこか少女のような損なわれることのない感受性が息づいている。そう知ったのはいつだっただろう。


幾つものロベリアのハンギングバスケットを作り、家の玄関に続く細い通路の両側に飾った春があった。ところが、二十数個もあったはずのバスケットが二つに減っていた。

「どうしたの？　ロベリア。ハンギングバスケット、どこいっちゃったの？」

驚いて尋ねると、母は誇らしげな顔を見せて答えた。

「通りすがりのみなさんが、それは喜んでくださるのよ、きれいだって。欲しいというかたもいたので」

差し上げてしまった……。母は嬉しげに話した。

休日の大半を使って作ったのに。ほとんどすべてを差し上げたってこと？　それもハンギングバスケットごと？

わたしはむっとしていたが、口にしたのは別の言葉だった。

「も、気前がいいんだから、おかあさんは」

長すぎる「冬ごもり」の季節を終えて、ようやく母は外に出られるようになったばかりだった。母子ふたりしてバスケットに苗を植えこんだ楽しさは、それだけに格別だった。そのハンギングバスケットごとを誰ともわからないひとたちに「差し上げた」と言う母。

ま、いっか。母が喜んでいるのだから。

土に触れることさえできなかった母の回復ぶりを、信じられない思いで喜んだあの日。ふたり共通の園芸という趣味も見つけた。それは全く単純に歓迎すべきこととして、わたしは祝福したい特別な思いがあった。

「冬ごもり」とは、母の神経症という状態に勝手にわたしがつけた名前だった。

動けない、動かない、食べられない、食べない、飲めない、飲まない、風呂に入れない、入らない……。体重は三十六キロまで激減していた。黴菌《ばいきん》という一点に、母の神経は集中していた。

一日のほとんどを自分の部屋に引きこもって、天井を見つめていた。ベッドに仰臥《ぎょうが》しての、時々の深いため息。やりきれない思いに襲われるだけで、何ができるでもないわたし。

母の部屋には耐えがたい臭気がこもっていた。腕をつかんで、母を引きずるように風呂場につれていく。こうしなければ入浴しなかった。途中、母は柱や食器棚に摑まって離そうとしない。小さな身体のどこにと思うほど意外な抵抗する力だった。

「おかあさん、黴菌が汚いって言うけど、お風呂に入らないほうがもっと汚いよ」

抗う母から、何日も着ている服を剝ぐ。新しい服を着ると、新しい黴菌がつくというのだった。入浴に対する抵抗も同じ理由からだった。脱がした服は母が眠っている間に洗濯機に放り込んだが、母の身体を洗濯機で回すことはできない。風呂場に一緒に入る。短パン姿のわたしはびしょ濡れになる。

わたしが子どもの頃からはじまっていた母の「冬ごもり」は時に短い春を迎え、短すぎる春の後は夏にも秋にもならず、そのまま再び「冬ごもり」の季節に繫がっていった。

幾つもの病院、幾つもの神経科を巡った。解決の糸口は見えなかった。あなたこそだいじょうぶ？　時にはそう言いたくなるような医師にも出会った。患者の目を見て話すことができない。研究については話せても、臨床医師としての自覚が希薄な医師も多かった。話は聞かず、山ほどの薬を処方するだけの医師もいた。

薬は母の不安定な神経に効くことはなく、積もり積もった服薬は、母の肝臓を悪くしただけだった。

不思議なことに、祖母に介護が必要になった期間、母は「冬ごもり」から戻ってきた。そして、祖母が去り、母が愛したひとも亡くなったあと、あの頑固な「冬ごもり」を、母は突然といった感じで解いた。「冬ごもり」は何に起因していたのだろう。誰の手も借りずに、母が自分でその鎖を解いたのだ。母のためにも、わたしは喜んで、新しい季節を迎え入れた。

ロベリアのハンギングバスケットぐらい、百個でも二百個でも作ってあげる。もっと気前よく誰にでも分けてあげればいい。

しかし、なにが母に「冬ごもり」を解かせたのだろう。わたしはおぼろな思いを探していく。心配を怒りでしか表現できなかった祖母。四人姉妹の長女である母にしか怒りをぶつけられなかった祖母。在宅で介護していたそんな祖母を見送ることで、母は自分が祖母にかけたであろう心配や負担から解き放たれたのだろうか。

あるいは……。わたしはあまり考えたくないテーマと向かい合う。母が愛したひと、わたしの父親に当たるひとの死だったのだろうか。彼の死が母を解放したのだろうか。一度も共に暮らしたことのない男への愛情から、解放されるなどということがあるのだろうか？　それは、男を愛し続けたという過去からの解放？

共に暮らすことによって、冷めるものも醒めるものもある。共に暮らせないことで、イメージの中の男はより完全に完璧に母の心を占領し続けたのだろうか？　この世に、その男が存在すること。それ自体が、母にとっては愛の支配だったのか？　彼の死は、その占領と支配からの解放だったのか。あるいは、死によって彼は、永遠に母ひとりのものとなったというのか。

呪縛から解かれたように、突然回復した母の不思議。

解放というからには、「なにから」がなくてはならないと思うのは、わたしの不見識の故なのか？　祖母と男、ほとんど間を置かずに逝ったふたり。日々母を詰った祖母よりも、愛情という岩礁《がんしょう》に母を縛り付けた男のせいだったと思うわたしが居る。

成人してからもわたしは数えるほどしか会ったことのない男。古いアルバムの中のモノクローム写真。部屋の机に向かってレンズを見ているひとりの男と小学生のわたし。肘掛のついた回転式の椅子に座る男と、その傍らに立つおかっぱ頭のわたし。

おかあさん、あなたにとってあのひとは何だったの？　わたしという子どもを誕生させた精子提供者？　そうではなかったのよね？

おかあさんが愛した男。着地することも途中で終えることもできなかった愛。あのひとは、おかあさんにとっての黴菌だった？　それをあなたは洗い落とそうとしていたの？　出鱈目《でたらめ》なこの思い付きは、わたしをたじろがせ、少しだけ笑わせた。

密葬という名のささやかな、祖母の内輪の葬儀を取り仕切った母だったが、男の葬儀には出向くことはなかった。自分の意志でそうしたのだ。誰が送って寄越したのか、はがきだけの男の死亡通知が、他の郵便物と一緒にテーブルの上にあったのを覚えている。

他者の死を通して、遺されたものが獲得するのは、見送った存在からの解放なのだろうか？　そんなことがあるのだろうか。

喪失と哀しみの末の、解放……。

わたしには解けない謎がほかにもあった。

ロベリアをハンギングバスケットごと誰かにあげてしまった母の気前の良さを時折り、それも度々わたしは見てきた。

旅先から送った花芽がついた筑紫《つくし》石楠花《しゃくなげ》の株も、シルキーホワイトの花が美しいアンナプルナという名の薔薇の大ぶりな鉢も、グレーがかったライラック色の花もダマスクの香りのいい薔薇も、「差し上げたの」。

差し上げる……。その言葉に特別の思いをこめた口調で言う母。誰かに「差し上げられる」自分が嬉しくてならないように。

「あのかたたちはお子さんがいないし」

「お年を召しておられるから」

理由がつくこともあった。こんな時、母はやたら丁寧な言葉遣いで言うのだった。子どもがない近所の老夫婦の代わりに買い物に行っては、野菜や肉、魚で膨れ上がった袋を両手に、差し入れしていたこともある。

「自分だって『お年を召している』のに。それに子どもがないからといって、不幸なわけではないでしょ、おかあさん。それって、おかあさんが嫌いな偏見にならない？」

「だって。ひとり娘さんを戦争中に赤痢で亡くしていらっしゃるんですってよ。お気の毒だわ、ほんとに」

母の心はいつもひとの痛みに向いていた。それは否定すべき感情ではないだろう。他者の痛みに鈍感であるよりははるかにいい。けれど、時々わたしは考えることがあった。

……ねえ、おかあさん。自分自身が誰かから贈られることを切実に望みながら結局は手に入れることができなかったもの、たとえば痛みへの共感、たとえば「よくやっていらっしゃいますね」という心からの肯定、「あなたをわたしはちゃんと見ていますよ」という評価。そういったことを何よりもおかあさん自身が欲しかったのではない？ それらをこうしてほかの誰かに差し上げることによって、おかあさんは心の隅にずっとある空洞を無意識のうちに自分で埋めていたのではないかしら。

目の前で音をたてて閉じられた扉。弾き返された厚い壁。家の中から声は聞こえてきても、その中に入ることを許容されなかった団欒《だんらん》。共有できなかった「普通」という仲間意識。その分かち合い。

閉じられた扉の前で、立ち尽した若い女、あなたはあの時、決めたのではない？自分は扉を閉じない。屈辱に唇をかみしめながらそう思い、閉じない実行をしてきたのではない？

「差し上げる」。誰にでも手腕《てうで》を広げ、誰の苦しみをも見落とすことはしない、と。わたしの知らない家で咲いているだろうロベリアも石楠花も薔薇も、その証ではなかったろうか。

自分が手にしたかったが、手にできなかったものを、「差し上げる」。それはやはり不健康ではないかな、おかあさん。

せっかく冬ごもりから脱出できたのに、母はまた差し上げるという新しいことに、「こもり」はじめているのではないか。

母が留守の日のことだった。

「どうしてこんなによくしてくださるのか」

老夫婦が訪ねてきて話したことを、母は知らない。

「ご迷惑でなかったら、受け取ってやってください。母が喜んでしていることなので」

娘のわたしがそう伝えたことも母は知らない。

そうした日々も過ぎて母の介護が始まった頃、わたしは日に数えきれないほど、「おかあさん」と敢えて呼びかけた。

母であること、母になったことそれ自体が母に重たすぎる負担を強《し》いた過去であろうと、そう呼ぶことで、どこか遠くに飛んでいきそうな母の意識をこちら側に繋ぎ止めておきたかったのだ。

わたしが居て、母が居る「こちら側」。しかしお互いが不器用な努力を重ねていた日々は、すでに終わっている。そして親子という通常の役割が逆転しつつあるいまこそ、母には母であることを憶えておいてほしかった。ある意味、不当ではあっても、母であることが母を生かしてきたのだ。そう思えてならなかった。

それは、なんと重い責務だろう。愛情に充ちた母という責務。わたしは、母のような女にも、母親にもなれないことを知っていた。そしてわたしは、子どもを迎えない人生を選んでいた。

「おかあさん」

「はーい」

声が返ってきた。母はまだ自分が母親であることを忘れてはいない。あるいは母は

「おかあさん」という言葉が何を表すのか、もはやわからなくなっていて、何とはなしに親しんだ記憶のある記号として応えているだけなのかもしれない。

母親であること以外に、母には彼女自身の人生があったはずなのに。母であること、母になったこと、わたしがいることで、おかあさんが諦めてしまったものがあったのではない？

そう訊きたいことが、何度もあった。しかしいまとなっては質問の意味も母にはわからないに違いない。たとえわかったとしても、母は答えただろうか。

母親であること。それが彼女の重要なアイデンティティそのものだったのだから。わたしはどれほど願っただろう。母が母であること以外の人生を持つことを。ほんの僅かでもいい。単なる一時の情事でもいい。恋愛であったら尚のこといい。わたしの母親であることが、母にとってかけがえのない役割であったとしても、母であることとは別の心と身体の置き場所が母にあったなら、どれほどわたしは救われただろう。

十代の頃からわたしはそう願い続けてきた。

わたしの願いを言葉にしたら、母は、そんなことは考えたこともない、と反射的に否定しただろうか。

「わたしが、だれだか、わかるよね？」

母がわたしを「おかあさん」と呼んだ日から、わたしは時折り訊くようになった。

長谷川式と呼ばれる認知度の簡易評価スケール。

……お年は幾つですか？

……今日は何年何月何日ですか？　何曜日ですか？

……わたしたちがいま居るところはどこですか？

……これから言う、三つの言葉を言ってください。あとでまた訊きますので、覚えておいてください。
1．桜、猫、電車
2．梅、犬、自動車
……百から七を順番に引いて言ってみてください。

……わたしがこれから言う数字を逆から言ってみてください。

2・8・6
9・2・5・3
……さっき憶えていただいた言葉をもう一度言ってみてください。

母の両の頰に掌をそっと当てて、わたしは訊いてみる。

「おかあさん、わたしは誰？」

「……冬子よ」

「そ、わたしは冬子です。冬子はあなたのなあに？」

「………」

何かを探すように頼りなげに揺れる目差し。

「むすめでしょ！」。母が突然言った。

長谷川式をクリアできなくてもいい。そんなことを訊くなんて心外だといった口調で、わたしを娘だと、母はいま答えることができたのだから。

「わたしは、あなたの、娘です。どうぞよろしく」

お道《ど》化《け》た声音で頭を下げると、母は「くくく」と笑った。何がわかっていて、何がわからなくなっているのか。娘にはわからない。

ぽろぽろと指の間から落ちていくように、母は言葉を忘れつつある。口の中で何か言うのだが、その声は弱く、聞き逃すことも増えてきた。

「笑ったおかあさんって、すてきだよ」

多くのひとに一応は保障された権利、自分の過去の上に現在を積み重ね、その先に未来を迎える権利、さらにその未来を構築する権利を、母は確実に失っていくようだった。すべての能力が、それも現在進行形で日に日に衰えていく。母の記憶だけではなく、人生そのものが内側から剝がれ落ちているようだった。

母が母でなくなっていく。彼女が彼女でなくなっていく。それぞれの喪失の場面を前にして自分の感情の起伏についていけなくなりそうになると、わたしはわたしに言い聞かせるのだ。わたしはタフな女だ、わたしは泣かない、と。

祭りがはじまった。わたしたちの記念日。そんなに遠くない明日にやってくるであろう別れを想定した母の誕生日の陽気なセレモニー。

リビングルームは花の香りで溢れている。

テーブルの上の大皿に、見事な二段構えのバースデイケーキが置かれている。白い生クリーム、大粒な苺。

昼下がりの部屋は温室のように暖かだった。

「苺、でかーい」

従妹が叫ぶ。叔母たちや従弟や従妹、その子どもたちも集まっていた。母の周囲にこんなにもひとが集まるのは久しぶりのことだった。

指定席に座った母とデコレーションケーキを交互に見ながら、わたしたちは「ハッピー・バースデイ、トウ、ユー」と歌った。誰もが意識的にテンションをあげている。

無言の了解。母のもとに到着するまでにすでに成立していた、それぞれの思いやりから生まれた共犯意識。顔を見たら最初にかける言葉も、ここに来る前から決まっていたはずだ。

「元気そうじゃない！　この前会った時より、ずっと」

「顔色がいいわ」

「そのガウン素敵よ、冬子さんからのプレゼントね。肌が白いから、ベビーピンクとかライトブルーとか、淡い色がよく似合うのよね、羨ましい」

それから彼女たちはわたしに言うのだ。

無理していない？　眠れてる？　食事はちゃんととれてる？　あなたが倒れたら、おしまいだから。なんでも言ってよ、遠慮しないで、呼んでちょうだい、飛んでくるから。キャロル・キングの『きみの友だち』の歌詞そのものではないか。

……冬だって春だって、夏だって秋だって。

名前を呼んで、すぐに飛んで行くから。

幾種類もの花がそれぞれの美しさを相殺しているように見えなくもない大きな花束を前にして、しかし母は当惑しているようだった。それでもみんなが笑い声をあげると、一緒にふふふと笑った。

「珍しい色でしょ」

叔母のひとりは、薄紫の薔薇の花束を抱えてきた。ブルームーンという名だったか。ブルー・ローズ、青い薔薇を創り出すことはできないという意味から、不可能という意味で使われてきた慣用句。ブルーというより薄い紫に近かったが、この花がブルー・ローズの一種だろう。

「白い花弁に赤い絞りが入っているのがいいでしょ」

もうひとりの叔母は芍薬《しゃくやく》。甥っ子や姪っ子たちは、連名のカードを添えたオンシジュームの黄色にオレンジ色の薔薇を合わせている。八重のカスミ草もたっぷり。母の花好きを知っているみんなが、奮発してきた花々。ロベリアのハンギングバスケットを次々に誰かに「差し上げた」母への、みんなからのギフト。

「きれいだね、おかあさん」

どんな時でも、花を前にすると、母の表情は少女のようになった。人生の苦悩も挫折も屈辱も何ひとつ知らない無邪気な様子を見せた。

豪華な感じの花よりも可憐《かれん》で素朴な花のほうが好きな母だったが、この華やかさこそ、わたしたちの今日の祭りにふさわしい。ラッピングの和紙もリボンの色も迷い抜いた末に選ばれたものだとわかる。それぞれが母を思い、花屋の店頭でどれだけの時間を使ったろう。贈りもののボックスも積まれている。ありがとう。わたしは感謝していた。

祖母が亡くなった時、僅かな遺産の分配を母に請求し、母を嘆かせた叔母たちだったが、それも、不問に付す。この際、許そう。過ぎたことは過ぎたことだった。そして母とわたしは、昨日でも明日でもなく、いまを精一杯楽しむのだ。

母は始終、視線でわたしを追っていた。みんなに代わる代わる声をかけられて、途方に暮れているようでもある。時折りつく軽いため息を、わたしは聞き逃すことはない。でも、楽しむのよ、おかあさん。

「今日はおかあさんの誕生日なんだから」

次の誕生日があるかはわからない、と誰もが思っているに違いない。わたしだってそうなのだから。

母は細い足に柔らかなレッグウォーマーをして、足首を締めつけないピンクのソックスをはき、伸縮性のあるパジャマの上にガウンを羽織り、二十三度に設定した室温と加湿器と空気清浄機に守られている。母の三種の神器。

「ケーキをカットしよう。美味しそうだよ、伯母さま」

従弟のひとりが弾んだ口調で母に声をかける。母はほんのりと笑っている。自分がその場で誰よりも大事にされていることをわかっているのだろうか。誰も扉を閉めて、母を締め出したりはしない。誰も後ろ指をさしたりしない。この団欒のまさに中心に自分が居ることを、母は理解してくれているのだろうか。

「お姉さん。こんなに大きなバースデイケーキ、はじめてなんじゃない？」

いちばん下の叔母の声に座が沸いた。

従弟が写真を撮る。一枚、もう一枚。違う角度からも一枚。ほら、みんな笑って。今度は母とわたしだけ。それから母とケーキのみでもう一枚。

叔母が母の頭にそっと両手を添えて、顔をレンズの方角に向ける。母はされるがままだ。部屋は盛り上がっているのに、母の声だけがない。それでも小さな微笑を浮かべて、わたしを目で追ってくる。

ショートケーキの中央、チョコレートの薄い板に、「たんじょうび　おめでとう」という文字と、母の名がローマ字である。

「お姉さん、おめでとう」

「伯母さま、おめでとう」

いつもと違うことだけは母にはわかっているようだ。

今日の母はご機嫌、と言っていい。母の表情が明るいことで、祭りはほぼ成功と言える。わたしは満足していた。

「じゃ、ケーキ、カットしますよ。皆さま、ご静粛《せいしゅく》に」

取り皿と小さなフォークを銘々《めいめい》に配って、温めたナイフをケーキに入れようとわたしが向きを変えた瞬間だった。

「あっ」

「えっ」

母が、人差し指をケーキの側面にぶすっと差し込んだ。

和やかだった空気が止まった。母の病状がさらに進んだことを、みんなが一瞬のうちに悟ったはずだ。しかし沈黙はすぐに破られた。気の毒そうでも困惑そうでもある視線を感じながら、わたしは言った。

「やってくれたね、おかあさん」

そして母の人差し指を、母の口にもっていく。母の口が開いて、生クリームがついた人差し指をくわえた。

「ひと足おさきに、だね。おかあさん」

わたしは穴が開いたケーキの側面を手前に回して、改めてカットしようとナイフを握り直したその時だった。新しい悲鳴があがった。

母の右手が五本の指を開いて、ケーキをてっぺんから摑んだからだった。

「お見事！」

その場を収めるように。わたしは言った。

「お姉さん」

二番目の叔母がようやくと言った感じで言った。それでみんなの口が開いた。たぶんそうであろうと予測しながら、誰ひとりとして口にしなかった隠しようもない病状が暴露されて、むしろ、みんな納得し、ほっとしたのだろう。堪えていた笑いを爆発させた従妹たちだった。

母はといえば、上機嫌でテーブルクロスに生クリームをなすりつけている。

「あーあ、今日のためにおろした新しいリネンが台無しだよ、おかあさん」

わたしはわざとらしく明るく弾んだ声をあげた。

母が起こした事件は、今日一番の大イベントになった。そう思いながら母を見た。するると、母が小さく言うのを聞いた。

「だ・い・じょう・ぶ」

そう聞こえて、わたしはもう一度母を見た。何もなかったように、母がわたしを見ている。

切り分けることができなくなった無残なケーキをそれぞれの皿に盛り分けて、わたしたちは大きなスプーンで掬って食べることになった。みんなどこか引きつった笑みを浮かべながら口にもっていく。

それはそれで、「ま、いっか」。わたしは思い直していた。

「美味しい」

「うん、いけるよ」

「苺もきれい」

そう言った途端、従妹のスプーンから苺が転がり落ちた。

「Ｏｈ！　元気な苺だ！」

それを拾おうと手を伸ばして紅茶をこぼしたのが、従妹の高校生の娘だった。それを拭こうとして、自分のカップを落としたのがこの孫娘の祖母にあたる叔母だった。生クリームと紅茶のしみと潰された苺の赤いしみ。哀れなテーブルクロス。

絵本にしたら、素晴らしいスラップスティックコメディになるテーマだ。みんな、そこで起きてしまったことをなんとか繕《つくろ》おうとして、そのたびに小さなミスを次々に重ねていく。その度に笑いが湧く。親しい同士の失言と労《いたわ》りがないまぜの時間。

母だけは独り自分の内に居た。上機嫌ともとれるし、無表情ともとれる。いまは祝いのメッセージと自分の名前が刻まれたチョコレートの板を掌に握りしめて、溶けかけたチョコレートをガウンの下のパジャマの膝になすりつけていた。目はわたしに注がれたまま。

なんと素敵な誕生日の祝宴！　なんとなんと見事な展開。なんと突飛な、母の自己主張。

おかあさん、あなたはもっとずっと以前から、それをやってくれればよかったのよ。我慢して、耐えて耐えて、そして「冬ごもり」なんてしないでサ。欲しいものは、いまケーキにしたように素手で摑めばよかったのに。

「間もなく、お寿司が届くから」

最も小さな出席者に向けて、わたしは言った。

「おなか、空いたよね。わりといけるお寿司だから」

ケーキにまつわる一連の儀式を無事終えたような顔をして、わたしは潰れたケーキが横たわる箱をキッチンに片づけ、母の手をタオルできれいに拭き直した。それから生クリームが散ったガウンを着替えさせる。誕生日にお色直しがあってもいいだろう。パジャマのズボンを脱がせるわけにはいかないから、後で着替えさせよう。わたしはランドリーボックスに汚れたものを投げ込んだ。

従弟のひとりは、花束をほどき、水を張った花瓶や大ぶりな壺に黙々とさしてくれている。その隣で、彼のつれあいが包装紙を丁寧に折り畳み、リボンをくるくる丸めていた。叔母のひとりは生クリームが飛び散った絨毯《じゅうたん》を拭いてくれている。

それぞれがそれぞれ見つけた任務に専念していた。どうしようもない時、ひとはなにかをしないではいられなくなるのだろう。不幸なのは、いますべきことを見つけられない者、他の誰かにとられてしまった者だった。

悲喜劇の中での、競争原理。誰もが自分にふさわしい役柄を探していた。

叔母ふたりは、互いが着ている服など褒め合っている。花瓶に収まった花の向きを意味なく変えている彼女たちの孫たち。

「だいじょうぶ?」

従妹が涙ぐんだ目をわたしに向けた。

「泣くんじゃねえよ！」

わたしは心の中で悪態をつく。

この子は十代の頃から、涙を浮かべたり流すタイミングを測るのが巧みだった。結婚するなら医師か弁護士。中学生の頃からそう宣言していた。そんな受け身でいいわけ？　医師か弁護士と結婚することに汲々とするより、自分が医師か弁護士になればいいのに！　わたしはよく言ったものだった。

「ねえ、だいじょうぶ？」

テーブルの上の紙ナプキンを涙ぐんだ従妹に渡して、わたしは言う。

「だいじょうぶよ。ほら、涙、拭きなさい。ついでにあなたの前髪に飛び散ったクリームも拭いて」

みんながくたくたになって引きあげた夜、わたしは、土台から潰れ、生クリームにまみれたスポンジケーキをひとりで食べた。大きすぎる苺はやはり大味だった。

とにかく祭りは終わったのだ。いつか……。遠くない明日、わたしたちはこの誕生日のことを思い出し、涙ぐみながら、笑いながら語り合う日が来るだろう。その日、この祭りの参加者の中から母だけが欠けている。

母はすでに眠っている。さまざまな花の香りが入り混じって、わたしには、なかなか寝つけない夜になった。

子どもの頃、わたしが最も恐れていたのは、わたしが母より先に死ぬことだった。母が死んだらどうしようと考える前に、わたしはわたしが死んだらどうしようと怯えることを知った。

子どもであるわたしにとって死は、長い間恐怖以外のなにものでもなかった。わたしが最初に死を知ったのはあの子、友だちの弟の事故だった。

近所に沼があって、その沼であの子は溺れたのだった。あの日、わたしたちは大人たちから、あの子を見かけなかったかと何度も訊かれた。ある時間までは、あの子は一緒だった。近くの駄菓子屋でその夏はじめてのネズミ花火を買った時も、原っぱで土グモの巣を見つけた時も、あの子は一緒だった。それがいつの間にか消えていたのだ。

大人たちの大きな切れ切れの声がするほうに、わたしたちもそろそろと行ってみた。

「見つけた」

けれど、あの子の声は聞こえなかった。繁りはじめた夏草の茂みから首を伸ばすと、あの子が草の上に寝かされていた。そばに行きたかったが、動けなかった。

「顔だけ汚れてなくて、真っ白で……」

そんな大人の声を聞いたが、わたしのところから見えたのは、あの子の足の裏だけだった。一方のズック靴が脱げて、蠟《ろう》のように白い小さな足の裏が雑草の上に見えた。救急車のサイレンが近づくのを聞きながら。

カステラの耳を、あの子が分けてくれたことがあった。紙芝居が好きな子だった。いつもの原っぱの夕暮れ。親方と呼ばれていたおじさんは自転車でやってきて、紙芝居に必要な一式を荷台に立てて太鼓を打った。気が付くとあの子はいつも一番前にいて、時々は太鼓を鳴らす手伝いもしていた。

短く切った二本の割り箸に絡められた水飴。割り箸でこねていると、水飴はどんどん白くなっていった。あの子は抜けた前歯の隙間に割り箸を突っ込んで遊んでいた。

「転んで喉に刺したら、大変だよ。何度言わせるのよ」

あの子の母親があの子の半ズボンの尻を掌で叩いて、大きな声で怒鳴っていた。

前歯のないあの子が笑いながら、トカゲを差し出したこともあった。二つ年下の彼からの贈りもの。あの子はトカゲを飼っていた。原っぱであの子が集めるバッタやコオロギ、ワラジムシは彼のトカゲの餌になった。

ポケットから軽く握った拳を出して、わたしの目の前でそっと広げた。もう一方の手で蓋をして、その蓋を半分だけ開けてみせた。

黄緑色の小さな雨蛙《あまがえる》が、あの子の掌でこっちを見上げていた。

わたしはアルミの洗面器にその雨蛙を飼った。洗面器には濡れた新聞紙を敷いたが、今度、水草をとってきてやるからとあの子は言った。

あの子は水草を取りに、あの沼に行ったのではないだろうか。黄緑色の蛙と、わたしのために……。それは誰にも言えないことになった。


祖父の墓参りの時にかぐ線香の匂いが、あの子のいないあの子の家いっぱいに立ちこめていた。

白と黄色の菊と百合の花が飾られていた。

黒と白の垂れ幕が、いつもは西瓜《すいか》や青いりんごが並ぶ店の前には下がっていた。払いのけることのできない記憶。草の茂みの間から見た、あの子の白く小さな足の裏。あの子は自分の身に起きたことを理解することもないまま、あの青緑色の沼にはまったのだ。死んでいく時、ひとは自分が死んでいくとわかるものだろうか。そんな新しい疑問が生まれた夕べだった。

葬儀は母と一緒だった。母はその日のために、白い木綿のブラウスと背中でばってんの形になる紺色のジャンパースカートを買ってくれた。

祭壇に置かれたモノクローム写真。坊主刈りのあの子は身体を折り曲げて口をいっぱいに開けて笑っていた。前歯は欠けたままで。

果物の籠や文明堂のカステラの大きな箱が供えられていた。あの子はカステラの耳が好きなのに、とわたしは思った。

　あの子の母親は祭壇の前の椅子に座っていた。黒い着物を着て、椅子に背もたれがないとそのまま後ろか前に崩れ落ちそうだった。その様子は何かに似ていた。公会堂で見た人形劇。公演が終わって木箱の中にだらんと寝かされていた人形。さっきまでは歌ったり踊ったりしていた人形から、いのちが抜けていた。とんがり帽子をかぶった人形も、ひらひらのドレスを着た人形も、針金でできた丸い眼鏡をかけた人形も。

　あの子の母親もあの時の人形みたいに見えた。泣き腫らした目をして、時々きっと頭をあげて、あの子の写真を見ては、糸が切れたようにたらっとまた頭を下げた。

「苦しかったろうね。苦しかったろ」

　あの子の母親は手拭いを広げて顔を覆った。そして、ふらつきながら立ち上がった。それから通りのほうに歩いていって、後ろから誰かに抱き止められた。

　母に促されてわたしも手を合わせながら、わたしが死んだら、おかあさんはどうなるのだろう、と考えていた。あの子の母親のようになるのだろうか。

　どうかどうか「わたしを死なせないでください」。

　みんなを真似てあの子の写真に手を合わせながら、わたしは別のことを祈っていた。

　あの子のお葬式から帰って、玄関で母はわたしの頭から塩をぱらぱらとかけてくれた。

「おきよめっていうのよ」

なめくじみたいだ、とわたしは首をすくめた。なめくじに塩をかける遊びを、あの子と一緒にやったことがあった。

塩を払った時、わたしは白いブラウスの肩に何かがついているのに気がついた。

「あ、百合の花粉がついちゃったね。祭壇にも百合が飾ってあったから。百合のはなかなかとれないのよ」

指先で弾くようにして花粉を払いながら、そのまま母はわたしを肩ごと抱き寄せた。そして抱えたわたしごと身体を左右に振って歌うように言った。

「冬子はどこにも行かない。おかあさんといっしょよ」


たったひとりの子ども、わたしが死んでしまったら、母はどうなるのだろう。言葉は追いつかなかったが、わたしには母がとる道が想像できた。

わたしが死んだら、生きる理由が無くなるのだと母は言った。わたしの死はそのまま母の死になるのだ。

あの子の母親は、これからどうするのだろう。泣き腫らした顔がまだ心の中にあった。あの子の母は生きていくに違いないと思い、わたしの母は死んでしまうのだと怯えたのだった。それは懸命に考えた末にようやく辿り着いた、七歳のわたしの答えだった。あの子のおかあさんには、ほかにも子どもがいた。わたしの友だちもそうだし、もっと小さな子もいた。だから、どんなに悲しくても、あの子のおかあさんは死なない。

子どもという存在が、大人を「こっち側」に引き留めておくのだ。けれど、わたしの母に子どもはわたししかいない。だから、わたしは死んではいけない、生きていかなくてはいけない……。

それは子どものわたしにとって、たとえようもないほど大きな発見だった。暴力そのものとも言えるほどの課題を、わたしはあの子のお葬式の日に知ったのだ。

母を愛する気持ちと比例して、あれ以来、わたしが死んだら母をも死なせるという鎖を引きずることになった。

子ども時代の子どもはみな、自分の死を怖れるものだろうか。死をまだ知らなかったわたしが、あの子の死からあんなにも自分の死を怖れ、眠ることさえ怖くなってしまった。ひとの死ではない。自分だって死ぬのだと気づいてしまったのだ。

大人は知っているだろうか。自分の死を怖れる子どもがいることを。わたしの寝顔も言葉も、わたしが抱えた恐怖を語ることはできなかったはずだ。わたし自身、死への恐怖を語ることさえ、してはならないことと決めているようなところがあった。

「いいねえ、子どもは。苦労を知らなくて」

時々上京する祖母は、わたしを見て言った。

特別な状態ではなく、子どもにとってはごく当たり前の日常が続く中で背負い、ふっと浮かんでくる死への怖れ。

クリスマスの時だけ行く近くの教会。牧師さんだと母に教わった黒い服を着た男のひとも、死についての答えを話してはくれなかった。

子どものわたしはあの頃、時折り湧きあがる押しつぶされそうな恐怖について語るどんな言葉も持っていなかったし、そういった恐怖が自分の内側にあることを誰にも言えずにいた。死ぬことは母への最大の裏切りに思えていたから、死について考える自分がいることさえも、母への裏切りのように思っていたのだ。

母が死んでわたしが残ることより、どうしてわたしは、わたしが先に死んでしまうことしか考えられなかったのだろう。わたしが死んでいる布団の脇で泣いている母を、いったいどれほど思ったことか。

もしひとつだけ願いを叶えてやると言われたら、わたしはためらいなく、自分の不死を願っただろう。そんな願望も、その願望を導き出す恐怖も誰にも打ち明けられないまま、わたしはわたしの子ども時代を生きた。


畳を踏む足音が近づくのを、子どものわたしは、布団の中で耳を澄ましながらいまかいまかと待ち構えていた。冬が来ていた。

部屋の電気は豆電球に切り替えられていた。布団が敷かれているのは、夜以外は居間になる部屋だった。

夕食がすむと部屋の隅に片づけられる折り畳み式の卓伏台《ちゃぶだい》は、食卓にも、子どものわたしが絵を描く時の机にもなった。時々は母が会社から持ち帰った分厚い帳簿が置かれ、算盤《そろばん》が弾かれる音が響いた。

「ざんぎょう、ざんぎょう」

母の仕事で辛うじて支えられていた母子の暮らしの内実を、子どものわたしは知らなかった。

小さな箪笥《たんす》がひとつ。その上に木箱のようなラジオとピンクの服を着た西洋人形が置かれていた。ピンクは好きな色ではなかった。女の子はみなピンクが好きだと大人は思っているようだ。ピンクのドレスを着た西洋人形をわたしにくれた山田さんもそうだった。母が勤める会社の同僚で、身体の大きな女のひとだった。

豆電球の薄い明かりを通して、わたしは西洋人形のほうを見た。目鼻立ちが見えない人形は、顔の白さだけが際立って浮いて見えた。

部屋に電気がつけてあるのは、わたしがそう頼んだからだった。あの子が死んでから、暗い部屋がいままで以上にこわくなっていた。

天井から下がった黒い紐を一度引っ張ると大きなほうの電気がつき、もう一度引っ張ると豆電球に替ってついた。薄明かりの中で、子どものわたしはすっぽりと布団に包まれて天井を見上げていた。豆電球をつけると、電気の笠の横にあるしみが今夜も見えた。

翼を広げた鳥。ひときわ色が濃い丸いしみが鳥の目で、両側に広がった細長く薄いしみが羽ばたく翼だった。鳥は時々、近所の崩れかかったセメント塀の上を両腕を広げて歩いてみせたあの子に見えることがあった。編み直したセーターの胸をこすって塀をよじ登ってから、両腕を広げてバランスをとりながら、あの子は得意げにコンクリートの塀の上を歩いてみせたのだ。渡り切ると、あの子は鼻の穴を膨らませて、「見て、見て」と笑うのだった。

「ひと粒三〇〇メートル」。キャラメルの箱に描かれた走る男のひとの絵を真似て、両腕をあげて、あの子は塀の上で達成を誇示してみせた。

あの子はいまどこにいるのだろう。時々、わたしは考えた。塀の上に黒い猫がいると、なぜだかどきっとした。あの子が冬になるとよく着ていた青色のセーターの後ろ姿を見ると、追いかけていって前に回り、顔を確かめないではいられなかった。けれど、あの子はいなかった。死ぬということは、どこにも居なくなること。わたしは知った。けれど、わたしの心にはあの子は確かに居るのだった。

台所の水音が消えた。もうすぐ母が来る。

畳を踏む足音が近づいてきた。わたしは目を閉じる。眠ったふりをして、母を迎えるのが好きだった。

「眠ってしまった？　よーし、寝たかどうか、試してみよう」

掛布団の裾のあたりから、すっと入ってくる冷たい手。笑いを必死に抑えて、眠ったふりを続ける。

「こちょこちょこちょ」

わたしの足の裏を冷たい手がくすぐる。くすぐったさと冷たさで、わたしは声をあげて笑いだす。わたしたちの気に入った夜の儀式だった。

その声を確かめてから、豆電球が大きいほうの電気に変わり、西洋人形の顔がいつもの澄ました顔に戻った。

白いソックスをはいた足が子どもの布団の横に座る。ソックスは時々別珍《べっちん》の足袋《たび》になることもあった。

こうして母がそう呼ぶ「絵本の時間」がはじまるのだった。わたしが眠りに入る前、ふたりで過ごすごく短い時間を、母はそう呼んだ。

「おかあさんと冬子の時間」、わたしはそう思っていた。どちらが欠けても、この時間は成り立たない。

白いハンカチーフに包んだ弁当箱をもって仕事に向かう朝の母は、いつだって急いでいた。手を振って駅に向かう母の顔が、わたしを見る時とまったく違うことも知っていた。

一日の終わり、この時間だけが、母とわたしだけの特別の時間だった。

正座をしたスカートの裾から覗く、きっちりと閉じられた白く丸い母の膝。小さなお供え餅のようだといつも思った。

「さ、ゆっくりゆったり絵本の時間」

母の声が上のほうから静かに降りてくる。わたしが好きな、低く、穏やかな声だった。

わたしは母の手の中に自分の手を滑り込ませようと、掛布団の下から手を出す。母に手を握られていると不思議に安心するのだった。「ゆっくりゆったり」が実感できた。自分が自分であることの、自信のようなものが生まれた。だから、その時間は、わたしにとって大切だった。

「ちょっと待っててね。手が冷たいから」

母は両手をこすり合わせ、顔の前にもってきて、はーっと何度も息を吹きかけた。

「あったかくしてからね」

母の手がわたしの手を迎え入れた。いままで水仕事をしていた手はそれでもまだ冷たかったが、わたしは安心した。割烹着《かっぽうぎ》の裾のあたりが濡れていた。

「ねむるまで、ここにいて」

わたしはいつもと同じ言葉で、可愛く母を見あげる。

子どもであることをどのように使えば、母の気持ちを自分のところに留めることができるかを、わたしは覚えるようになっていた。自分で自分を守ることができないことを知った子どもが、無意識のうちに身につけた大人への対応の仕方。けれどわたしがそれを使うのは、母に対してだけと決めていた。ほかの大人に使うことは、決してしなかった。

いつの間にか身につけた無防備という名の、無邪気な演技。母にはわかっていただろうか。母は子どもの頃、それを誰に対して使ったのだろう。

冷たい空気が入らないよう、掛布団の肩のあたりをとんとんと母の手は軽く叩く。それも、わたしが好きな母の仕草だった。

わたしは布団の中で身体を丸めて、一層小さくなる。折った膝を胸につけて、さらに小さく小さく丸くなる。

母の顔が子どもの顔の上に降りてきた。温かいわたしの頰に、母の頰はやはりひんやりとしていた。

わたしの手を布団の中に戻して、もう一度隅を叩いてから、母は枕もとの絵本を手にした。

「今夜はこの本ね」

母が洋服を着たまま布団の中に入ってくる。わたしは母にならって腹這って、頬杖をつく。

母が手にしたのは、冠をかぶった赤い服を着た女の子が表紙に描かれた絵本だった。

「かわいいね」

母の言葉に、わたしは絵の中の女の子に競争心を覚える。幼い嫉妬。

冬子とどっちがかわいい？　訊きたいのに、訊かなかった。冬子に決まっているでしょ。母がそう答えることを知っていた。答えを知りながら訊くのは、試しているようで、なんだかいけないことのように思えた。母はそういうことが嫌いだった。そういうこと？　これこれこういうこと、と説明することはできなかったが、わたしにはわかっていた。ひとの気持ちを試してはいけない。何かの折りに母に言われた言葉が、心にあった。

絵本の表紙の中の女の子は百合の花を背景に、真っすぐにこっちを見ていた。

あの子の葬式で、白いブラウスの肩に花粉がついてから、わたしは百合が嫌いになっていた。花粉がついたところは洗濯しても、茶色っぽい跡が残っている。

「むかしむかし　あるところに」

母が絵本を読み始めた。

「……子どもが欲しくてたまらない女のひとがいました」

母の声を聴きながら、わたしは考えた。女のひとはみんな子どもが欲しいのかな。男のひとはどうなのだろう。子どもが欲しくない女のひとや男のひとはいるのかなあ……。

母の知り合いに子どもがいない女のひとがいた。母の同僚の山田さんにも子どもがいなかった。

「戦争で婚約者が死んじゃってね。それで、結婚しないと決めたんだって」

「こんやくしゃ？」

「結婚しようと約束をしていたひとのこと。大好きなひとのこと。それで、一生、結婚はしないと決めたんだって。男のひとが戦争にとられて、結婚しなかった女のひとは大勢いたのよ。山田さんはそのひとり」

こんな話のあと、母は戦争は二度といやだ、とつけ加えるのを忘れなかった。

時々街で見る白い着物の男のひと。ハーモニカを吹いたりアコーディオンを弾いていた。茶色い木の足をつけたひともいた。木の腕のひともいた。そのひとたちも「戦争で怪我をしたの」と母は教えてくれた。「しょういぐんじんと呼ぶの」だと。

山田さんはわたしに優しかった。いつもお土産をもってきてくれた。塗り絵やリリアン、ビスケットの時もあった。それでも山田さんのその優しさが時々息苦しく感じることがわたしにはあった。

「うちの子にならない?」

山田さんはよくそう言った。ふざけているのだとわかったが、なぜだかとても真に迫って怖かった。

山田さんが、わたしをどこかに連れて行ってしまう。そんなことを思いついて、わたしはいままでのように山田さんに走り寄らなくなった。

すぐに身体に巻きついて、なかなかほどくことを許してくれない両腕が怖くて、声をあげようとしたことが何度かあった。

「冬子ちゃん、ちょっと来て。髪をとかしたげる」

鏡台にかかった鹿《か》の子《こ》模様の布を持ち上げて、山田さんはわたしの肩に手を置いて、その前に座らせた。

鏡に映ったわたしを山田さんが見て、その山田さんをわたしが見ていた。

両の掌でわたしの髪を撫でていた山田さんが、掌をまたわたしの肩に置いた。それから自分の胸にわたしの上半身を強く抱き寄せた。わたしは身体を強張らせる。そういうことをしていいのは、母だけだった。母もめったにすることはないのに。

わたしは山田さんの腕を振りほどく。山田さんは「あっ」と小さく言ってわたしの髪に手を戻し、再び撫ではじめた。なんだか落ち着かなかった。山田さんはいけないことをしていて、わたしはいけないことをさせているように感じた。

「長い髪にしないの？」

わたしは刈り上げにしていた。うちの「ワカメちゃん」。時々母はそう呼んだ。新聞にのってる漫画に出てくる女の子だった。

「おかあさん、短い髪のほうが好きだって。わたしもこれが好き」

髪を洗う時間を短かくできる。それがわたしがワカメちゃんを好きな理由だった。

「せっかく女の子に生まれたのに、もったいない」。石鹸の泡が目に入ってしみるのが嫌いだもん、と言わずに飲み込んだ。

「せっかく女に生まれても、わたしみたいなのもいるしね」

山田さんは放り投げるような口調だった。よくわからなかったが、山田さんがなんだか気の毒に思えた。

「ね、髪を伸ばしなよ」

「いいの」

「男のひとは長い髪のひとが好きなんだよ」

「いいのっ」

「伸びたらおさげにしてあげる。似合うよ、きっと、冬子ちゃん」

その日の山田さんは、わたしの短い髪に不釣り合いな大きなリボンをお土産に持ってきてくれていた。

「ほら、きれいでしょ」

薄く透けた布でつくったピンクのリボン。ワカメちゃんには似合わない、と知っていた。リボンは何本かのピンで止められたが、すぐにピンごとずり落ちて、頭に止まることはなかった。

「いらない」と言いたかったが言えずに、それでも山田さんがいる間、わたしはリボンを拾ったり髪につけたりを繰り返してみせた。

わたしは絵本を読む母の声を聴きながら、山田さんのことを考えていた。

山田さんが会社を辞めた、と夕食の時、母から聞いたからだった。ピンクのリボンを持ってきてくれた時、外で背の高い男のひとが待っていたことをわたしは知っていた。「がいじんさん」と隣の家のおばさんがひそひそ声で教えてくれた。母には言わなかったことだ。

絵本の中の女のひとは子どもを待っていたというけれど、山田さんはどうだったのだろう。そして母はどうだったのだろう。

「おかあさんは、わたしがくるのを待ってた?」

ふっと母が笑った。そして言った。

「そう、とてもとても待ってた、冬子のこと。早くおいで、おかあさんのとこにおいでって。お便所をせっせときれいに掃除をすると、いい子が生まれると聞いて、おかあさん、せっせとお便所の掃除をしたのよ」

もっと聞きたかった。が、母は絵本の中に戻っていった。

「……子どもが欲しかった女のひとが大麦の粒をまくと、チューリップのような花が咲いて、そこから女の子が生まれました」

チューリップの球根を一緒に植えたよね？　と言ったが、母はコクンと頷いただけで、絵本を読み続けた。

「けれど、女の子はヒキガエルにさらわれてしまいました」

あの子にもらった黄緑色の小さな蛙は知っていたけれど、ヒキガエルはまだ見たことがなかった。

チューリップから生まれて、ヒキガエルにさらわれた女の子がその後どうしたか。あの子からもらった黄緑色の小さな蛙がどうしているかも、わたしは知らなかった。

「こわいね。知らないひとについていってはいけないのよ、冬子も。ヒキガエルより、人間のほうがもっとずっとこわいから」

母は時々絵本を離れて、自分の言葉を交えて物語をすすめた。

「へー、高いんだね、子どもの本なのに。一冊百三十円もするのかい。岩波文庫は三十円だよ、文字があんなに多いほうが安くて、文字ぱらっぱらのほうが高いんかね」

小さい字は目につらいと言って岩波文庫を開いたこともない祖母が、母にそう言っていたのをわたしは眠りの縁で思いだしていた。

本は贅沢品。それが早くに夫を亡くした祖母の実感であるようだった。そしてそのことも母の人生を窮屈なものにしていたのだった。食器の棚の半分は、母自身の本箱になっていた。

「本を読むのも幸せだけど、まだ読んでない本があるのは、もっと幸せ。だから、おかあさんは、本屋さんが大好き」

母がそう呼んでいた「絵本の時間」から何十年もたって、同じような夜を、かつての子どもとかつての若い母親は幾度も重ねた。

母の食事は終わっていた。「毎食後」にと指示された薬、飲み込むのに長い時間を要する幾種類もの薬、時には休み時間を中に入れて、すべて終えるのに一時間もかかる色とりどりの薬も、すでに母の内におさまっていた。

わたしの首に両腕を回して立ち上がらせて、その両腕を今度はわたしの腰に回してわたしが母の腰を支えて後ずさりすることで、前にすすむことができる母。小刻みに、一歩一歩。急かせずにゆっくりと。そうして行くトイレも母はすでにすましていた。

ポータブルのトイレもあったが、少しでも自分で歩いてほしかった。介護の用具を受け入れることは、母が母でなくなる手伝いをするような不安があった。できるだけいままで通りの生活を。介護の本の中で、わたしが納得できる著者の本にはそう書いてあった。

昼夜が逆転した時期も過ぎて、母にとって夜は眠るための時間に戻っていた。眠る前に、わたしは母と絵本を楽しむ時間を設けた。

「おかあさんと冬子の時間」

ふたりで絵本を楽しむ時間……。そう思っていたのはわたしだけだったのかもしれない。母が本当にその時間を楽しんでいたのかどうかもわからない。絵本に描かれた物語を母がどれほど理解できたかも。

途中はどうであっても、ハッピーエンディングの本しか、わたしは選ばなかった。幼いわたしに母がそうしてくれていたのと同じように。

「今夜はどの絵本にしようか」

母に訊く。背もたれの上の指先がそろそろとあがって、時折りまったく違った方角を指さすこともあったが、一冊の絵本の表紙の上にぴたりと止まることもあった。

『アンジュール　ある犬の物語』は何度も母がリクエストする本の一冊だった。

絵本の選書はお手のものだった。わたしは子どもの本屋なのだから。

そうは望んでいない時に強引に読まされる絵本が子どもにとって苦痛であるように、母が絵本を望まない夜もあったかもしれない。母の指が表紙を示すことがなくなっても、わたしは絵本を声に出して読んだ。

むしろわたしは、母と絵本を読むというシチュエーションが気に入っていた。かつてあった絵本の時間を母に少しでも思い出してほしいという気持ちも強かった。

母と共にある静かな時間の中で、母が僅かでも記憶を取り戻し、わたしはわたしで降り積もった疲れを振り払い、静かな眠りに着地できることを願っていた。

終わりまで読んだ絵本を一度閉じてまた開くと、はじめの頁《ページ》に戻れるように、発症のごくごく初期の母に戻すことはできないか。そうする他に打つ手がもっとあったのではないか。医療の力ではなく、母と娘の関係性でできたことはなかったか。そのことをわたしは、いったい何度、自問自答してきたことか。

「仕事と介護が一致するなんて、ラッキーだよね。絵本は子どもからはじまって、年齢制限なしの、深くて豊かなメディアです、と」

母のための絵本を買う時、「ひろば」のスタッフに向かって、照れながら言ってみせるいつもの言葉。

母のベッドサイドに膝をついて、本を読むこともあった。わたしは開いた絵本と自分の顔を、母の顔のほうに近づける。どの角度が最も見やすい？　母が老眼鏡をかけなくなって、視力検査もしなくなってから、本の中の絵がどれほど鮮明に見えているかはわからない。

今夜も何冊か手にした絵本の表紙を母に見せてわたしは訊く。

「どれがいい？」

問いかけられて、拘縮《こうしゅく》がはじまった震える指先で、母が絵本の中の一冊をようやく指さす。指先きが小刻みに震えている。

明るい黄色い表紙。真ん中が白く抜いてあって、クマやリスや野ネズミがいる。カタツムリもいた。

「はなをくんくん」

空いた手で、毛布の中に探した母の手を握る。それからゆっくりとわたしはタイトルを読む。

「ルース・クラウス　ぶん。マーク・シーモント　え、きじまはじめ　やく」

母が知りたいと思うかどうかはわからなかったが、作者と画家、訳者の名前も読み上げる。

……ゆきが　ふってるよ。

のねずみが　ねむってるよ、

いる。

くまが　ねむってるよ、
ゆっくりとわたしは読んでいく。

森の中。モノクロームの頁の中で、かたまって野ネズミも眠っている。クマも眠る。カタツムリもリスも眠っている。雪はすっぽりと森を覆い包み込み、まだ降り続いている。

かつて母がそうしたように、ところどころはわたしの言葉を入れて、読み進む。毛布の中で握り合った母の手が、わたしの手を強く握り返すようにすることがあった。

……みんなめをさます。それぞれはなをくんくんさせて、かけていく。

「はなをくんくん」というところで、指先で母の鼻をちょんと突いてみる。

「ふふふ」

母は声なく笑う。これがわたしは好きなのだ。母とわたしの密《ひそ》やかなコミュニケーション。母の手がまた握り返す。

まだ雪が降り続く森の中を、大きいのも小さいのも動物もカタツムリも駆けていく。

「カタツムリは殻を背負って、大変だよね」

わたしはまた自分の言葉をはさむ。

……ゆきのなかに　おはなが　ひとつ　さいてるぞ！

みんなが囲んで見ているのは、雪の中から顔をだした一輪の花。モノクロームの絵の中でそこだけ黄色い花がぽっかり咲いている。

「もうすぐ春です。『はなを　くんくん』でした」

母は寝息をたてていた。

「ねえ、この本の原題は、ザ・ハッピーデイ、幸せな日、っていうんだよ」

わたしはわざわざ声に出す。完全に眠りに落ちた母に。

ザ・ハッピーデイ。一輪の花が咲いただけで幸せになれる日が、ひとにはあるのだろうか。ある。ひとつの「ふふふ」、ひとつの頷き、握り返す手の感触だけで、今日を明日に結ぶ弾みをもらう夜がひとには必ずある。わたしがそうであるように。

子どもの本の専門店「ひろば」を開く時、わたしの中には遠い昔、母が作ってくれた「絵本の時間」があったのだ。

母の寝息を確かめて、わたしはあまりもので急いで夕食をすます。浴室のドアを開けたままシャワーを浴びる。母の寝室から聞こえるどんな小さな音にもすぐに対応できるように、バスタブにはつからない。トイレもドアを開けたまま入った。すぐに飛び出せるように。

どうしようもなく疲れが溜まると、ヘルパーさんに泊まってもらい、自分のベッドで眠る夜もあった。が、やはり不安になって何度も忍び足で母の部屋に入り、母の寝顔と寝息を確かめた。

ヘルパーさんが泊まる夜は、「絵本の時間」はお休みになる。絵本を読み聞かせる姿を見られるのは恥ずかしかったたし、「そんなこととしてもわかりませんよ」と思われないか不安だった。大事なその時間は、母とふたりだけの密やかな夜に限った。

ベッドサイドの小さくした明かりの中で眠る母の顔を見ながら、母のベッド脇に引き出した簡易ベッドで横になる夜は、およそ七年続いた。

その頃も、わたしは母より先に死ぬことを恐れていた。母が死ぬことよりもむしろ。母とわたしの役割は逆さになっていたが。

徐々に、ある時から急速に、母の中から記憶が滑り落ちていった。やや間をおいて、言葉もまた母の中から消えていった。

認知症。当時はもっと直截的に「ぼけ」と言った、ある意味では侮蔑的でありながら、どこか笑いを誘う響きがあった。認知症が定規できっかりと引かれた枠組ならば、「ぼけ」にはもう少し輪郭があいまいで、ゆるいユーモアがあるように思えた。

母に介護が必要になってしばらくしてからはじまった介護保険制度、母は要介護5という認定だった。

よそのうちには、お父さんと呼ばれる男のひとがいた。うちにはいない。母もまた、小学生の頃に父親を亡くしていた。祖母はもっと幼い頃に父親を失っていた。

ふたりとも「そこに在ったもの」を失った子どもであったが、わたしの場合、父という存在は最初から無かったものであり、それゆえに喪失感からは自由だったのかもしれない。

母は時々、早くに亡くなった父親、わたしの祖父についての記憶を言葉にした。母が生まれ、わたしも生まれた郷里の教育界で、最も若くして校長となるはずだったと聞いたことがあった。

「村で最初の自転車が、お父さんの自転車だったの。ぴかぴかのそれに一緒に乗って小学校に行ったのよ。みんな手を振ったり立ち止まって見ていたわ。土手のところで、お父さんは時々わざと自転車を揺らして、落っこっちゃうぞーって。ベルを鳴らしながらわたしを驚かした。土手のずっと下のほうに流れが速い大きな川があって、落ちたらどうしよう、と怖くて怖くて。なのにわたしは笑っていた。わたしが笑っているから、お父さんは喜んでいるのだと思ったのでしょうね。自転車の前輪を空中に上げるようにもして揺さぶったの」

怖さが子どもから発作的に笑いを引き出す場合がある。大人は面白いから笑っていると思い込むのだが、恐ろしくて笑うことがあるのだ。子どもに恐怖が連れてくる笑いを、大人は知らない。

子どものいない山田さんが連れて行ってくれた浅草の遊園地。

「日本で一番古い遊園地なのよ」

はじめて乗ったローラーコースター。あがってさがって、またあがってさがる急勾配。特に下がる時が怖かった。椅子にベルトで固定されているのに、真っ逆さまに落ちていく。空中に放り出されるように感じる。

息が詰まった。胸に上がってきた、抑えたいはずの悲鳴を発した。死ぬのだと思ったわけではない。なのに怖かった。怖さを味わうゲームだった。

ローラーコースターに乗っている間中、わたしは笑っていたという。

「冬子ちゃん。根性あるわ。ほかの子は泣いてるのに、ローラーコースターに乗っている間中ずっと笑っていたのよ。それも大声で」

山田さんは母にそう報告していた。

「あら、そうなの?」

母も笑って答えていた。そんなんじゃない。大人たちが想像しているのとはまったく違うのに。子どもがいてもいなくても、子どもについて知らないことが大人にはあるのだ。その時、わたしは思った。

自転車が土手から落ちてしまう。怖くて笑った母に、ローラーコースターに乗っていた時のわたしの怖さがわからない。

大人になるということは、自分が子どもだった頃の怖さを忘れてしまうことなのかもしれない。そんなことを考えながら、父を知らないわたしは、母の中にある父親との思い出を聞いていた。とても嬉しそうに父親の思い出を語る母が、わたしには新しい発見で嬉しかった。何度でも聞き直して、幸せだった母の子ども時代を語らせたがった。

真新しい自転車に父とともに乗る子。怖くて笑っていたとしても、どんなに誇らしかっただろう。得意気な子どもの頃の母が見えるようで、それがわたしには嬉しかった。

「お父さんは、県でいちばん若い校長先生になるはずだったのよ」

どんな風に話されても、父親という存在がわたしには実感として湧いてこない。どんな感じなのだろう。どんな顔をしているのだろう。どんな声なのだろう。どんな匂いがするのだろう。

父親に抱き上げられた友だちが髭で頬をこすられて、悲鳴をあげる場面に遭遇したことがあった。髭はどんな感触がするのだろう。

古いアルバムの中。幾つもの花輪が飾られた部屋。写真の中の祖父は三十代だった。

「冬子を見せてあげたかったな、お祖父《じい》ちゃんに」

母は言った。

「それは無理だ。お祖父さんが死んだのは、おかあさんが子どもの頃でしょ。簡単な足し算、引き算だよね？　おかあさん、得意な算盤、持ってこようか？」

こんな風に母と戯《たわむ》れる。その楽しさを知りながら、わたしの子どもの時間は、いつもどこかで醒めていた。


集団が苦手なわたしだった。

いまでは笑って話せるようになった失敗がある、休み時間にトイレに行くと、そこにはすでに長い列があった。横から列に割り込む子もいた。抗議することができないわたしだった。

押されても押し返すことができない。こづかれてもこづき返すことができない子どもは、されるがままに、気がつくと列の最後尾になっていた。大抵いつもそうだった。そうしているうちに、休み時間の終わりを告げるベルが鳴った。わたしは尿意をこらえて、教室に戻る。用をすまし、数分遅れて教室に戻るということができなかった。そろそろと内股に歩いた。漏れないように。教室はいつもより遠く、窓側のわたしの席はさらに遠かった。

「あっ」

誰かが叫ぶ。

「えっ」

隣の席の子がのけぞる。

「うわっ」

後ろの席からも声があがる。

「あーあ」

囁き声。叫ぶ声。大きな波になったクラス中の声が教室を揺さぶっていた。

「冬子ちゃん、おしっこしてる」

「もらしてる」

「せんせい、せんせい、お、も、ら、し」

足元に広がる生暖かな感触。

騒ぎは教室中に広がって、すべての視線がわたしという子どもと、わたしがつくった温かな池に集まっていた。

名前が書かれた白い上履きのズックも甲のところまで尿浸しだった。母が墨で書いてくれた名前もにじんでいく。

わたしは泣かずに椅子に座り続けた。動かなかった。動かなければ、起きてしまったことと足元のおしっこの池を消せるかのように。

「がまんできなかったんだね」

その夜、母は言った。

「どうしてもがまんできなかったら、授業中でも手をあげて言っていいんだよ、先生、おしっこって。がまんしなくていいのよ」。我慢強いひとが、我慢しなくていいと言った。

リビングルームのテーブル。母の席はテレビと向かうように置かれている。長方形のテーブルと六脚の椅子。椅子の背もたれと尻をのせるところには栗色の濃淡の菱形模様を浮かばせた和風の布が張られていた。それらの仕様と同じだったが、母の椅子と決めたのは、その中で両側に肘掛がついているひとつだった。

母の指定席。その肘掛を摑んで力を入れることで、母がなんとかまだ独りで立ち上がることができる頃のこと。母の声を聞いたように思って、わたしは朝刊から目をあげる。

指が白くなるほど肘掛をぎゅっと摑んで、目を据えた母が歯を食いしばるようにしているのがわかった。耳たぶと頬を紅くし、いやいやをするように首を小さく左右に振っていた。

「だめ、だめ、だめっ」

母の声がうめくように喉から絞り出される。

「いや、いや、いやっ」

不意に臭気に気づいた。母は絞るように、そう声をあげた。気づくのが遅かった。椅子に座ったまま、母は排便をしてしまっていた。便秘が続いていたので、ベッドの上で時計回りに下腹をマッサージしてから、リビングルームに移動してきたのだった。母は何かサインを送ったはずだ。それにわたしが気づかなかった。

「ごめん、ごめんなさい」

母に詫びながら、わたしは母の椅子の前に立った。母にとってどれほどの屈辱だろう。あの頃は、それがまだわかる母だった。肘掛をぎゅっと強く握って力を入れて摑んでいる。

そこでそうして座り続けている限り、自分がしたことを隠し通すことができる。そう思っているように母は頑《かたく》なだ。

肘掛を握りしめた指を一本ずつはがしていく。左手の指をすべてはがし終えると、またすぐに摑み直す。右手の指は強烈に肘掛を握り続けている。それを何度も繰り返した。

「だめ、だめ」

母は首を振り、絞り出すように言う。

「だいじょうぶよ」

肘掛から母の指を離すのを諦めて、両手で母の顔を挟んだ。

「いや、いや」と言いながら、ゆっくりと顔をあげる。母は涙をためていた。

「ごめんね。気づかなかった」

わたしも泣きそうだった。

「ね、きれいにしよう。お願い、ちょっと立って」

強い口調が母をさらに緊張させると思いながら、きつい口調になる。臭気がわたしを苛立たせている。便が前のほうに回って、膀胱炎になったら大変だという思いつきが、わたしを急かせていた。もうこれ以上、病名を増やしたくない。

「お願いよ、おかあさん」

母の両頬を挟んだまま、落ち着かせるように必死に穏やかな口調に戻した。

「うんちがおしっこの出るほうに入ったら、大変だよ」

母の力が抜けたのがわかった。薄く笑ったようだ。椅子から立ち上がることにようやく成功した。

腰を落としたわたしが両手で母の腰を掴む。そして自分が腰を伸ばすのと同時に、母の姿勢をただすのだ。泣きたい。母のほかには誰も居ないのだから、泣いたっていい。代わりにわたしは母に微笑《ほほえ》みかける。

「だめ、だめ」

母が小さく言う。

「だめじゃないよ、だいじょうぶ。さ、トイレに行こう」

長い間体内に溜《た》まっていたからか、猛烈な臭気だ。吐き気がするような臭気が母とわたしを襲っている。頭がくらくらする。

「わたしの首に手を回すの！」

相当な形相だったのだろう。母の両手がわたしの首に回る。

「そう、ゆっくりでいいから」

怯えるようにわたしを見たまま、母がわたしの首に摑まった。このまま進めるかしら。わたしは臆していた。母が排泄したものがトイレに着くまで下着の中で留《とど》まっていてくれるか。自信なんてない。祈るだけだ。祈りながら、わたしたちはゆっくりと、急いだ。

「急がなくていいのよ」と言いながら、「ああ、なんて遅いの」と思っている。「臭いね」。思わず正直な気持ちが口を出た。すると母が、囁くように続けたのだ。

「くさいね」

わたしは笑ってしまった。すると、母の身体がふっと緩んだように軽くなった。

ようやくトイレに辿り着く。もう垂れたっていい。わたしは手探りで、下着と一緒にパジャマのズボンを一気に下ろす。わたしの肩で母を立たせながら、ようやく母のパジャマのズボンの中に、母の白く細すぎる足を見た。臭気のもとが、下着の中に、そして母の足にこびりついていた。想像していたよりずっと少なく見えた。

「OK、間に合ったね」

　わたしは安堵して母に言った。

「まにあったね」

　掠れた声で母が繰り返す。どうしてこんな時に可笑《おか》しみがやってくるのだろう。でも、可笑しい。わたしが笑い、母が笑う。便座にちょこんと座った母と、母の剝きだしの白い膝の前に胡座《あぐら》をかいた娘は、声をあげてしばらく笑った。母が笑い、わたしが笑う。

「だいじょうぶ、おなか、すっきりしたね。気持ちいいでしょ。よかった、よかった。さあ、きれいにしよう」

　わたしは敢えて弾んだ口調で言う。

　トイレットペーパーを手に巻き付けて、まずはお尻から拭いていく。

「濡れたティッシュ、買っておいたらよかったね」

　なんでも思い浮かんだことを口にする。大量のトイレットペーパーで拭きとっては水に流す。それから、取ってきたゴミ袋に、下着とパジャマのズボンを投げ入れた。

「前にも回っちゃった。ごめんね」

ウォシュレットのお湯を出す前に、母のセクスから周囲を丁寧に拭いていく。便座の上で母は膝を閉じた。自分のセクスを護ろうとするように。

「だめ、だめ」

困ったように母は言って、わたしを見た。どうしてそんなことをするの？　と言っているようだ。

「だいじょうぶ、よ。拭かせて」

母がゆっくりと首を横に振る。それでもわたしは、「だいじょうぶ」を繰り返した。トイレットペーパーのほぼひと巻きを使い切った。フラッシュしても、なかなか流れない。わたしの手にも臭気のもとがついていた。

誰かが言ったか、書いたかしていた。愛する母親の排泄物は臭くない、と。

「そんなことないよね、臭いものは臭いよね」

「くさいよね」

母が続ける。

実際、母の排泄したものは臭かった。

便座に座った母の眉の間の縦皺が解けていた。行儀よく膝をぴっちりと揃えて座っている母の下半身は剝きだしのまま。

「おつかれさま。おかあさん、ここに座って摑まっていられるよね。ちょっと待ってて。立たないでいてよ」

母が小さく頷くのを確かめてから、便座に母を座らせたまま、トイレの壁の両脇につけたバーに念のため摑まらせる。

「立っちゃだめだよ。摑まって待っててね」

バスタオルをとりに離れた間に何かが起きたら困る。これ以上の事件は今日はごめんだ。

「お待ちどおさま」

腰を支えて立たせた母の裸の下半身を、とってきたバスタオルで包みこむ。

「おかあさん、タオルのドレスだよ。わたしの首に腕をまた回して。もう一度歩いて。お風呂に入って、もっと気持ちよくなろう」

母を椅子から立ち上がらせたやりかたで、わたしたちは一歩一歩、風呂場に向かう。わたしの後退が母の前進。

介護用の浴室用の椅子に座らせ、深く腰掛けさせてから、シャワーの温度を確かめる。お湯を爪先からあげていく。

足の指の間が少し赤くなっている。足の指も拘縮がはじまっているのだろうか。ぴったりとくっついていた足の指と指。指の間に、ガーゼでつくった小さな人形をクッションの代わりに挟まないといけないのかも。

バスタブにお湯を張る。そうして、わたしは石鹸を泡立てる。母の下半身を洗うことに、長い間、抵抗があった。入浴には付き添って背中は流しても、ひとりでどうにか洗える頃は、「お尻は自分で洗って」。母に任せた。母も自分で洗うことを選んだ。

それができなくなると、わたしが洗うようになった。母のセクスを洗うことにわたしが少しは慣れるようになったのは、母がほぼ完全に近い認知症を迎えてからのことだった。

かつて何らかの意味を持っていたそれも、わたしが生まれ出てきたそこも、いまは、母の肘や膝や足の裏、脇の下と変わりのない単なる部位でしかない。ようやくわたしはそのことに馴染んでいた。

「ちょっとごめんなさい」

風呂場の床に膝をついて屈んで、わたしは母の下半身を洗いだす。腰をおろすところの椅子の中央がU字型にカットされていて、介護者の手が入るようになっているので、母は座ったまま洗える。シャワーヘッドからの湯を下から当てて、もう一度、石鹸を泡立てたガーゼで丁寧に洗う。

まばらな毛が残ったセクス。痩せて細かいしわが無数にある下腹部で、そこだけふっくらとしていた。幼い子どものセクスのようだ。

「うんちが残っていると、いやだから。もう一度ね」

言い訳をするように言って、わたしは洗っていく。

「もういちど」と、母はされるがままで繰り返す。

不思議な柔らかさを持ったそこを洗い終えて、わたしはやっと安堵する。最も大変な作業を無事終えたのだった。

わたしも着ていた服を剝ぐように脱いでいく。Tシャツもスパッツも、ブラジャーもショーツも脱衣籠に投げ入れて、全裸になる。

「今度はお風呂の中に入ろうね」

手足がゆったり伸ばせます。業者の言葉にのって外国人仕様の大きなバスタブを入れたのは間違いだった。大きすぎて、母の身体がバスタブの中で泳いでしまう。下手をしたら溺れさせかねない。だから湯の量をたっぷりと張ることはできなかった。わたしが先にバスタブの中に立って、それから母を迎えるのだ。

母はバスタブの両側についたバーを握っている。すぐには離せないのを、わたしの手に持ち替えさせて、スローモーションの画像でも見るかのようにゆっくりとバスタブの中に座らせていく。そして背後からわたしが抱くようにした。

「さあ、もうだいじょうぶ。気持ちいいね」

小さい母だった。小さい母がわたしに抱かれて静かにしている。「おつかれさまでしたね」

わたしが背後から声をかけると、振り返るような仕草をした。わたしの両腕の中で、母の向きをゆっくりと替える。

つるんとした母の顔が上気している。眉間の縦皺は消えていた。

「気持ちいい？　おかあさん」

「はーい」

子どもみたいな可愛い返事が、わたしをまた笑わせる。大事件はようやく終わったのだ。終わってみれば、穏やかなホームコメディだった。

疲れた母をベッドに寝かせて時計を見ると、臭気に気づいた時から二時間たったのか、三時間たったのか。

母のトイレは毎朝の大イベントで、すっかり着替えさせるまでに、随分時間をつかってしまう。仕事に急ぐ朝、ヘルパーさんが来てから排便してほしいと、わたしは何度願ったことだろう。しかしそうなればなったで、きれいに洗ってくれたか、不安になるのだった。

やがてリビングルームで母は入浴サービスを受けるようになった。

「バスタオル一枚。お着換え一式、ご印鑑をご準備ください。主治医からの入浴可否意見書もお願いします。タオルやボディソープ、シャンプー等ご愛用のものがあれば、ご用意ください。ご希望があれば、保湿クリームや軟膏の塗布、爪切り、ドライヤーなどもいたしますので、事前にお報せくださいね」

受話器の向こうの事業所の女性に、何かを読み上げるように伝えられた。

「はい、愛用しているものを揃えておきます」

入浴サービスに変わる前は、わたしかヘルパーさんが付き添って、母は家のバスルームでの入浴だった。パーキンソン病と診断された頃のことだった。

母の背中を流した時、

「ありがとと。本当にありがと」

白く肌理《きめ》の細かい薄い背中を見せたまま、母は言った。

「えーっ、そんなに感激してくれるなら、毎日でも背中流しちゃうよ」

わたしはお道化た口調で応えた。人一倍独立心が旺盛で、不潔恐怖症から他人に触れられることを怖れた母を見てきただけに、その隔絶感に驚く。

母の全身を洗うようになって、左の肩甲骨《けんこうこつ》の真ん中に小さな黒子《ほくろ》があるのを見つけた。

母親の裸を隅から隅まで知っている子どもがどれほどいるだろう。母が倒れてはじめて、そこに黒子があることをわたしは知った。

距離のある母子だったことになる。真っすぐに向き合うことを憚られる何かがあったのだ。レースのカーテン越しに向かい合うような母子だったのだ。ひとりでできないことが母に増えて、それを受け入れる母になってはじめて、わたしは母について知っていく。

「もっと話しておけばよかったね、おかあさん」

訪問看護を受け始めた時、母の認知症は思ったより進んでいて、言葉も減ってしまっていた。

入浴サービス。簡易な浴槽に何人かの腕で丁寧に仰臥させられた母は、しきりに前を隠す動作を繰り返した。下腹部には私が子どもの頃に受けたという子宮筋腫の手術の痕があった。いまなら、こんな引きつれを女の身体に遺すことはしないだろう。母の右手は、その引きつれと、その下のセクスを隠すように、浴槽のお湯を力なく掻いていた。羞恥という感情は、かなり遅くまでひとの誇りを守ろうとするのだろうか。

わたしはハンドタオルを、母の前にあててやった。母が顔をあげて、ありがとうとでも言うようにわたしを見上げた。はかなく、いじらしく、ほっとしたような母の顔だった。

細く透き通った母の指が、グラスを摑めずに宙をさまよっている。細刻みに震える指がそれぞれの関節を曲げたまま、グラスに近づいたと思うとまた遠ざかった。

掴むことができないで、母が苛立っている。わたしがグラスを持って母の口のところに持っていくことはできたが、そうしなかった。どんな小さなことでも、母が独りでできることを残しておきたかった。小さなことに努めることが、母を認知症から連れ戻す唯一の道のように思えるのだ。

母の手はまだ宙をさまよっている。苛立ちが少し消えて、必死の表情に変わっていた。

もういい。母に意地悪をしているように思えて耐えられなかった。母の手の上にわたしの手を添えて、グラスを母に握らせる。

グラスの中にはきれいな赤いクランベリージュースが入っていた。尿路感染症を予防するからと一日一杯はこのジュースを飲むことを、在宅医療の医師にすすめられていた。広尾のインターナショナルマーケットと青山の紀ノ国屋に一〇〇パーセントのストレートなものが置いてあることを知って、まとめて求めてある。母はジュースの赤い色がどういうわけか気に入って、すすんで摂ろうとした。

グラスを母の口のほうに持ち上げていく。介護用の食器をまだ使いたくなかった。使ったら、母は「こっち側」に戻ってこられなくなる。日常をいままで通り続けているということが、母にも、そしてわたし自身にも大事なことなのだ。

母の口が少しだけ開いて、ほんの僅かの赤いジュースが口の中に含まれた。が、すぐには飲み込まず、口の中に留めているのだとわかった。

「おかあさん、ごっくんしてね」

飲み込む仕草をしてみせる。

「ねえ、ごっくん」

ようやく母が飲み込む。上下する喉仏でわかる。

「もう少し飲んでみようか」

グラスを再び母の口に近づける。こんなことに時間がかかる。やっともうひと口含んだと思えたのに、母は咽《む》せて激しく咳き込んだ。顔を下にして、背中をタッピングする。咳がおさまった時には、おろしたてのオーガニックコットンのネグリジェのあちこちに赤いシミができていた。

「水玉模様ができました」

ずっと昔、母がわたしにしてくれたことを、わたしがいま母にしている。

「ちょっと飲んでみようね。おいしいよ」

擦って、ガーゼで漉《こ》した林檎汁。コップの時もあれば、熱がある時は吸い飲みに入れて、母はわたしの枕元に持ってきた。

「ごっくん、してごらん」

私を前にして、母は自分で飲み込む仕草をした。咳の合間に飲み込むのは難しかったが、熱っぽい口に、冷たい林檎汁は甘く美味しかった。

咳がおさまった朝、

「もう一日、学校、おやすみしよう。明日には学校に行けるからね」

幼児に言うように母は話した。それがわたしには嬉しかった。母からの丸ごとの愛情をかけられて、甘えるわたしがいた。


幼い子どもに言うように、母に言うことがある。他のひとがそうすると不快になるのに、自分がそうしていることに気づく。

「あーんして」。母は黙って受け入れる。そうしながら幾つもの記憶が甦る。

母の寝顔を見ながら、私は子ども時代に返っていき、現在に戻り、また子ども時代に返っていく。

胃ろうの施術《せじゅつ》。時間をセットして、胃に高カロリーの液体を落下させるあの機械、胃ろうカテーテル。カテーテルを抜去すると、開けた孔は閉じると説明を受けていたが、そしてわたしも口からものを食べることを望んでいたが、母の「食事」はそれだった。鼻にカテーテルを通した経鼻胃管の時のほうが咽せは酷かったが、胃ろうに変わってからは少し落ち着いたようだ。しかし、これが食事であるわけがない。これを使ってまで、母は生きたいと願っただろうか。答えが出ない問いが、またひとつ増えていた。

移動の手段もやがて車椅子になった。

土用《どよう》の丑《うし》の日。つけたテレビで、今日がそうだったことを思い出した。

「夕食はわたしが買ってくるから」

子どもの本の店「ひろば」の近くに、老舗《しにせ》のうなぎ屋があった。串に刺した鰻をヘルパーさんの分も求めて帰宅した。少し早めに「ひろば」を出たのに、鰻屋で待つ時間がかかった。

「おかあさん、ただいま」

眠っていた。

着替えを急いで、指の股、腕の上のほうまで神経質に洗ってからキッチンに立った。わたしにも不潔恐怖症があるのではないか。そう思うほど外から帰ると、執拗な手洗いを自分に課していた。

「おかあさん、鰻重です」

柔らかめに炊いてもらっておいたご飯の上に細かく刻んだというか、ほぼ潰した鰻を母に見せてからのせた。潰した小松菜。潰したミニトマト。

「まあ、おいしそうなこと」

リビングルームからヘルパーさんの声が聞こえる。

「あついうちに召し上がって。ご飯は柔らかすぎるけど」

「冬子さんは？」

「わたしはあとで」

ベッドから起こして、ベッドサイドの椅子に母を座らせる。ベッドの背もたれを起こしただけで食事をするのでは、気分が変わらないだろう。そう思ってのことだ。

「潰れちゃったけど、鰻さまですよー。さあ、いただきましょう」

口の中を冷たいスプーンでマッサージする。この刺激が唾液の出をよくするというので欠かせない。鰻をスプーンでか？　なんだか切ないが、仕方がない。

新しいスプーンに替えて、ご飯と茶色の潰れたものを小さく掬う。匂いに刺激されたのか、母が口を開けてくれた。

ラッキー。好みのものを料理しているつもりだったが、なんとしても歯をきつく食いしばって口を開けないことがあった。熱いと咽せる。けれど冷めた鰻は生臭くなって美味しくないだろう。スプーンの上にのせたものを吹いて、いくらか冷ます。

「さあ、食べよう」

スプーンの先のほうだけ、母はちょろりと嘗めて、あとは口を閉じてしまった。

「もう少し食べようよ」

食事を終えたヘルパーさんが入ってきた。

「わたしが代わりましょう」

「だいじょうぶよ、今夜はわたしがするから。お茶でも飲んでいて」

「すみませんね。あ、それから来週、二日間お休みをいただきます。田植えで帰らなくてはならないんです」

「どなたが代わりで？」

見知った名前があがる。

明日仕事の帰りにでも、彼女が郷里へ持ち帰る土産を買ってこよう。母を見てもらっているということが、わたしには幾つも負債のようになっている。

ヘルパーさんが言う。

「結局、二匙《ふたさじ》でしたね」

「でしたね」

そう応えたのは母だった。

「こうなっては、とても鰻とは言えないもんね。おかあさん。二匙とはちょっと残念ですよ」

「ですよ」

冗談とは言えない母の繰り返しが、わたしとヘルパーさんを微笑ませてくれる。

紙パック入りの高カロリーの栄養食をヘルパーさんに渡して、わたしは母が残した得体のしれない鰻丼もどきを急いで食べる。確かに鰻の味はしたが、美味しいわけはなかった。

余った蒲焼をもう一人分の鰻とともに冷凍室で眠らせた。


「ね、冬子、来てごらん」

母が手招きして呼んでいた。久しぶりの母との外出。心は弾んでいたが、わたしは早く家に帰って母とする七並べに惹かれていた。昨夜は絵本の代わりにトランプだった。何度やっても母に勝てなかった。

新宿のデパートの屋上でアイスクリームを食べて、それから食堂でオムライスを食べる約束だった。けれど昼時のデパートの食堂は混んでいて、「しばらくお待ちいただきます」と言われてしまった。

「どうする?」

「おうちに帰ろう」

これで七並べができると喜んだ。

「おなか、空いてるのに」

「おうちで食べる」

「じゃ、おうちでオムライス、作ろう」

そんな会話を交わしながら、母と新宿の街を歩いた。と、突然、母が鰻屋の前で立ち止まった。

「ね、ここに立って、思いっきり息、吸い込んでごらん」

言われた通りにした。母が笑っている。

「美味しそうな匂いを食べた？」

「うん」

匂いを食べる、という言い方が面白かった。

「じゃ、それを持っておうちに帰ろう。オムライスと鰻の蒲焼の匂いと、両方食べよう。今日はご馳走だね」

母は鼻の穴を広げて、大きく息を吸ってみせた。こんなおふざけが母は大好きだった。そんな母との遊びが、幼いわたしを幸せにした。母がいれば誰もいらない。他の子が「おとうさん」と呼ぶ男のひとも。

街に江利チエミの『テネシーワルツ』が流れていた。

淡い水色の地に小さな白い水玉が散ったワンピースを着た母は、きれいだった。

母の口調を真似て、わたしは言った。

「おかあさんがいいおかあさんで、冬子もとってもうれしい」

「冬子ちゃんがいい子で、おかあさんとっても嬉しい」

「はい」

「冬子ちゃん」

わたしは充分に愛された子だ。ずっとそう思って生きてきたことに感謝すると共に誇らしさを憶えていた。しかし、その反面、死の怖さがいつもあった。

死の恐怖を心の奥に隠し持ったわたしという子どもは、それが善意であっても、母以外の大人が心に立ち入ることを許さなかった。

わたしは簡単に読み解いたものだ。このひとはわたしの心の中まで入りたがる大人かどうか。

地面を行く蟻の行列を凝視しながら、「なに、やってんの?」と肩に手を置いた大人にしゃがんだまま無邪気な笑顔を返しながらも、別のことを考えることだって子どもはできた。そうあってほしいと大人が望む子どもを「やる」のが、大人を最も安心させる方法だということも知っていたから。

子どものわたしが、あれほど母より早く死ぬことを怖れていたことを、大人の誰が知っていただろう。母さえ知らなかったことだ。知らせてはならない、とわたしはわたしに縛りをかけていたのだから、知るはずもなかった。

何十年もたって、母に介護が必要になった時、わたしは久しく忘れていたあの恐怖、死んではならないという子ども時代の抑圧と再会した。

日常のほとんどすべての意識を母に集中させながら、かつてないほど、わたしは自分の体調に気を遣うようになっていた。ひとつの咳も、ひとつの目眩《めまい》も、ひとつの鈍痛も見逃さなかった。母を充分に介護するためには、わたしが健康でなければならない。わたし自身とのこの取り決めは、わたしを神経質にさせたようだ。

母が処方されたのと同じくらいの量のサプリメントを毎日忘れなかった。どんなに急いでいても、信号が点滅しはじめた横断歩道を渡ることはしなかった。怪我で入院でもしたら、誰が母を介護するのだ。

「快活で明るい」と通信簿の所見に記された子は、数十年後、快活で明るい患者の家族になった。人見知りだった子は努力して、感じのいい患者の娘、介護のキイパーソンになった。

わたしは挫《くじ》けない、わたしは潰されない。わたしは死なない……。自分の人生をあらゆる意味で、管理し運営するすべての技術と能力、知識と知恵を失ってしまった老いた母を残して、娘は先に死ぬわけにはいかないのだ。

認知症という症状によってすでに完璧に近いまでに奪われつつあった、母による母自身の生への確認。わたしは、母の生の代行業者になろうとしているのか。それは可能なことなのだろうか。

誰かが誰かの人生を代わりに生きる。それは不可能なことだ。

母の病歴をひとつ残らず簡潔に言葉にし、いままで受けてきた治療をできるだけ短く、けれど漏れのないように整理して告げることが、わたしにできたことだった。昨日摂った水分量。排尿の回数と量。排便はあったかどうか。指先に挟んで測定する、血液の中に溶け込んでいる酸素の量を示すパルスオキシメーター、サチュレーション。その数値も脈拍の回数も。すべて漏れないように記録してきていた。

誤差の少ない測定器を求めて、何度も買い替えた血圧計。最高血圧、最低血圧を測り、心拍数もノートに記し続けた。

医師は上腕にカフという袋状のベルトを巻きつけて測定していた。何度か試してみたが素人のわたしにはうまく操作できないので手首で測る手首型を求めた。オムロン、シチズン、テルモ、ドリテック。母は手首型の血圧計を幾つも所有している。

腎臓にはカテーテルを通され、空腹を覚えようと覚えなかろうと胃ろうの管を通して自動的に胃袋に落とされていく高カロリーの液体……。母はそれらを拒絶することはできない。

その母を残して、わたしは先に死ぬことはできなかった。

子ども時代と違っていたのは、一日の終わり、前に一歩も足が進まないほど疲れきったわたしの、母の存在そのものが点滴にもカンフル剤にもなってくれていたことだ。母より先に死ねないという思いは、母を死なせないという思いと重なって、わたしをむしろタフなファイターにしていたのかもしれない。いつかは終わる、それは抗いだった。だからこそ、抗えるのだ。

子ども時代と、母の介護をするいまとの間には、五十年にもなる長い時間があった。その間、死への恐怖は生の喜びや苦悩、希望や失望、憤りや沈静によっていくらかは薄められ、遠ざけられてはいた。けれど介護が始まった時、わたしは苦々しく確認せざるを得なかった。いつだってそれはわたしの内側、たぶんわたしの肉体の最も深いところに在ったのだ、と。

それはたぶん、敗戦の年に未婚でわたしを出産した母が、自分に課し続けた課題であり、生きる理由であったのかもしれない。この子を残して、先に死んではならない、という。空から降ってくる爆弾の中で逃げ惑いながら、母の存在を満たしていたのは、無意識であっても、そんな思いであったろう。どんな苦境の中でも母を支えたのは、この子と共にいること。

時を隔てて互いに向けた、この存在を残しては死ぬことはできない、という生への思い。母は母であることから、娘は娘であることから、降りることは決してできないまま……。

こうして一年が、また一年が過ぎていった。

介護が始まって七回目の夏が来ていた。

「入院を希望されますか？　個室をとる手はずはできています」

母の寝室からリビングルームに移動して、在宅医療の若い医師は言った。この後、何が告げられるか、ここ数日間の母の変化を通して想像は難くない。

利尿剤を点滴に入れても、尿の出は捗々《はかばか》しくなかった。血圧も下がっていた。頻脈。一分間に一三〇。爪先が氷のように冷たかった。手や足の爪が青白くなっていた。

時々喘ぐように、思い出したように呼吸をした。入院をすれば、母は鎖骨上からカテーテルを通され、いつまで続くかわからない人工的な生を与えられることになる。

母をヘルパーさんに託し、リビングルームのテーブルで医師とわたしは向かい合っていた。

「ラコール、飲んでみましたよ」

母の胃に落とされる高カロリーの液体について彼は言った。

「うまいものではなかったです」

それを聞いた時からわたしはこの医師に、一気に信頼を高めたのだった。後期医療の医師たちの中で、一体どれほどが、患者自身の口から入ることはない胃カテーテルの液体を飲んだことがあるだろう。

あの時からずっと、この医師に全幅の信頼を寄せてきた。その医師の入院するかという問いに答えられないほど、わたしはうろたえていた。

先生、ジュースがいいですか？　オレンジ、グレープ、リンゴ、スダチもあります。コーヒーは召し上がらなかったのですよね？　紅茶にされますか？　ミントとカモミールのハーブティもあります。わたしは客のオーダーをとる喫茶店のフロアスタッフのようだった。自分でもわかっていた。彼がこれから何を語ろうとしているのかを。それを言わせないように、わたしは喋り続けた。

あと五分待ってください。一分でいいから待って。いや、いけない。彼の訪問を待っている患者と家族が他にもいるのだ。わたしは母の指定席、肘掛のある椅子に座った。

「……先生がもし母だったら、どちらを望まれますか？　いえ、おっしゃる通りにしようと考えているわけではありませんので、どうかあまり深刻には……」

「ぼくがおかあさまだったら……」

彼は大きく息を吸ってから答えた。

「やはり、ここで。この家のおかあさまの部屋を選びます」

静かだが、迷いのない言い方だった。

それしかない。わたしの心はずっと以前からそう決まっていた。最期まで母と過ごす。患者のたったひとりの娘と一致を見て、安堵したように深々と頭を下げてから、若い医師が腰を上げた。

医師を送り出して、母の部屋に戻ってすぐだった。

母は生きなければならないという責務を、自力で解いた。全エネルギーを消費しているように見えた下顎呼吸がとまった。わたしは慌てなかった。たったいま出ていったばかりの医師の携帯に電話をかけた。

発症からほぼ七年の日々を超えて、母は死んだ。

こんなにも明るい光の中で死を迎えるとは。戻ってきた医師がチャイムを鳴らすまで、わたしは母を見ていた。


顎を白い包帯で縛られて、母は横たわっている。包帯がそっととられた後、母の表情から苦悶のそれは消え、わたしが子どもだった頃、わたしを喜ばせた母への讃辞、「冬子のおかあさんはきれいだね」と言われた頃の、母の顔に戻っていた。

下顎呼吸で歪み続けた顔は整えられ、含み綿の効果もあって頬はふっくらとしている。両の口角はかすかに微笑んでいるように上がり、法令線は消えていた。実際母はあの高カロリーの液体のせいで、肌の色艶もよかった。

「おかあさん、四十代でも通るかもしれないよ」

六十代の半ばを迎えようとしている娘は母に語りかけた。

ベッド脇に重ねてあったCDの中から、エンヤの一枚を抜き取って、オーディオセットに挿《い》れる。

聴きなれた曲がすぐに、薔薇の香りが溢れる部屋に流れだした。薔薇の香りは実際に床に置いた花籠から匂い立つのと同時に、わたしがキャップを外した濃い緑色のボトルからも漂っている。ドイツ製の野生の薔薇を由来としたオイルだった。

上半身を屈めて、わたしは母の顔の輪郭を両手で包み込む。掌を内側にずらして、頬を包む。

冷たい。ひとの身体はこんなにも冷たくなるのだ。

ベランダのガラス戸の向こうには、眩しい光の棘をとかしこんだ真夏の日差しと、青空が広がっている。この季節、花をつけるアーリーヘブンリーブルー、天上の青という名の朝顔が、ベランダで七つ開花している。透明感のある薄い青色の花と、明るい夏の朝。

通り一本隔てた向かいの家の二階のカーテンが目の幅だけ開いている。落ち窪んだ老いたふたつの目がこちらを見ていた。いつもそうだった。そこに佇むひとの目の幅だけ、カーテンは開き、母とさして変わらない老人が、いま息を引きとったばかりの母の部屋を見ている。いつもの朝と同じように。

化粧水をパフコットンに、たっぷりと含ませる。それを顔全体にパッティングしていく。薔薇の香りの化粧水は肌に吸い込まれることなく、冷たい皮膚の表面に留まっている。そのうえに化粧水と同じ成分の乳液を塗る。乳液も冷たい肌の上に留まったままだ。

化粧ポーチを開ける。顔色を血色よく明るく見せるという淡いオレンジ色のベースのコントローラーを塗ってから、少量のファンデーションを頬、額、鼻筋、顎と指で置いていく。それからスポンジで手早く顔全体に伸ばす。目の下や小鼻の脇には叩き込むように、けれど厚塗りにならないように。

それから表情に立体感をだすように、明るめのブラウンのチークをブラシにとって、顔の輪郭をひと撫でする。そして、頬骨の最も高いところに自然な血色に近いチークをブラシで置く。刷毛《はけ》の柔らかさに癒されながら。

アイブロウペンシルで、眉毛の足りないところを少しだけ描き足す。不自然にならないように、左右の眉が不揃いにならないように。化粧品のPRコピーの常套句めくが、ひとの肌が確かに陶器のような感触になることをはじめて知った。

かすかにピンクが入ったベージュの口紅を紅筆にとって唇に伸ばす。小さな口であり、小さな唇だ。異議申し立てなどとは無縁な、控え目な形をしている。それがわたしにはなんだか少し淋しい。

「終わりました、おかあさん」

そうして両掌でもう一度母の顔を包みこんで言う。

「きれいだよ」

ドライアイスで全身が冷たく固くなった母に、わたしは囁き続ける。

「おかあさんはこんなにきれいなことを、ずっと隠してたんだね」

誰もいないふたりだけの部屋で、わたしは自分でも思いがけず大きな声で言っていた。

苦悶を訴える表情は微塵《みじん》もない。母は静かに横たわっていた。静かさだけに包まれている。

一瞬わたしは、今夜は眠っていいのだ、と思いつく。

「今夜は眠れる、なんて不謹慎だよね、おかあさん」と思いながら、化粧を終えたばかりの母を見る。

「今日から眠れるよ、冬子」

母が言ったような気がした。

不意に鼻の奥に涙の匂いがしたが、わたしは泣かなかった。まだ終わっていないのだ、母の儀式は。涙を流すわけにはまだいかない。


エンヤが歌う『オンリータイム』がリビングルームにも流れている。

花に囲まれ、母は光沢のある真珠色の布をはった棺《ひつぎ》に横たわっていた。胸の上で組んだ両手の間に、わずかに緑色を花芯に溶かした白い薔薇を挟んだ。

「長患《ながわずら》いをしたなんて思えないほど、きれいだわ、お姉さん」

母の一番下の妹だ。

「このスーツいいね」

従妹たちが言い合っている。

ついに一度も身に着けることのなかった薄紫の糸と淡いピンクの糸で織ったシャネルスーツを、白装束《しろしょうぞく》の代わりに母は着ていた。

最初の退院のあと、しばらくホテルに泊まったことがあった。そのホテルのアーケードを散歩した時、一軒のブティックで買ったスーツだった。

「なんかもったいないな。だってあのまま……」

燃えちゃうでしょ？　と従妹の娘が小声で従妹に訊いていた。気にして母の二番目の妹が話題を変えた。

「あのメイクはいいね。自然な感じよね、まるで……」

気を利《き》かせたつもりの彼女も語尾を飲み込んだ。だいじょうぶよ。おかあさんは、いちいち気にしないから。わたしは心の中で言っている。

脈絡なく、心に浮かぶことを銘々が言葉にしていた。こんなに揃うのは、母のあの誕生日以来になる。

誰もが静かになるのを怖れて、意味のない言葉を思いつくと、そのまま声に出す。見え透いた言葉のようだが、誰も責めたりしない。むしろその言葉を待っていたかのように、自分の言葉を繋ぐ。みんな、母とわたしを気遣ってくれているのだ。

「誰の歌？」

ほとんどすべてのことを母がまだひとりでできていた頃だった。六本木の画廊で開かれていた絵本作家の原画展に立ち寄った帰りに見つけたCDだった。

大勢のひとがいるところに参加すると、帰りは決まって独りになりたくなった。二次会に繰り出すみんなと別れて、六本木ヒルズのスターバックスでコーヒーを飲み、それからこのCDを見つけたのだ。エンヤの曲がセラピーなどに使われるずっと前のことだった。『オンリータイム』はその後、母の朝のベッドサイドのテーマ曲となった。

「五時半にオードブルとかお寿司とかいろいろが届くから」

そう伝えながら、お棺の中の母にわたしの目は向かう。

叔母が言ったように、母はとても生き生きと自然に見えた。いまにも目を開けて話し出しそうだった。

「あなたはあなたのことだけを考えなさい。あなたの人生なんだから」

母の口癖だった。わたしの中学入学を、母はひとつの区切りとして考えていたようだ。

「あなたの人生だから」

わたしが大きな選択や決定をしなければならない時、たとえば進学、たとえば就職、ほぼ十年勤務した出版社を退職しようと決めた時も、そして子どもの本の専門店「ひろば」をはじめる時も、母は同じ口調で同じことを言ったものだ。わたしをひとりで育てた自分に満足してもいたのだろう。

「あとは知らねえよ」と舌を出してみせた母。しかしそれで母に新しい生き方がはじまったわけではない。

わたしは棺の横に膝を折り、母を見ていた。そんなはずはないのだが、胸がかすかに上下しているように見えるのだ。昨夜もそう見えた。母の鼻には白い脱脂綿が詰まっているにもかかわらず、全身が凍っているにもかかわらず。

「寝てないでしょう？　少し横になったら？」

脇に立った従弟が言った。

「だいじょうぶよ」

いつものように母の口癖を真似て、わたしは答えた。


母は解き放たれた。

もう苦しむことはない。死が、母の解放だったのだ。生を手放すことで、母は自由を獲得した。

見送ってしばらくして漸《ようや》く辿り着いたその考えをしばらくの間わたしはとても気に入った。

祖母と愛した男、ふたつの死で精神は解放されただろうが、幾つかの病《やまい》に占領されていた母。本当の意味での解放は、死によってだったのか。そうなると死別は、悲嘆や苦悩を意味するグリーフではない。わたしの場合は、グリーフワークは不要かもしれない。なぜなら、母は自由になったのだから。悲嘆することはない。しかし、それが真実、解放だったかはわからない。わたしは母ではないのだから。介護や母からわたしが解放されただけのことかもしれない。わたしの解放を、わたしは母の解放と都合よく考えているのかもしれない。

母はもっと長く生きたかったのではないか。あるいは、早々にけりをつけたかったのではないだろうか。カテーテルでの栄養補給。何人かに裸身をさらしての入浴。排泄も人の手を借りなければならなかった。母は本当にそれを望んでいただろうか。

どんな状態であっても、母がここに居ること。それを望んだのはわたしだった。母自身の意志ではなかった。しかし、母のいまこの穏やかな表情はどうだ。娘として、母はすべての苦痛から解放されたのだと思いたい。

嵐は朝が来る前におさまっていた。雨よりも風が強く、風で空中に巻き上げられた何かがどこかにぶつかって、さらに遠くまで転がっていく音を、眠りの縁で何度か聞いたような気がする。

その音を聞きながら、昨夜わたしは眠りに入っていったのだ。

母が生まれた春がまた巡ってきていた。

夢の中で、小さな子どもは空き缶を蹴っていた。

短く切りそろえたおかっぱ頭の女の子は真剣な面持《おもも》ちだった。自分に課されたことは足元の空き缶を蹴ること。できるだけ遠く、あるいはできるだけ高く。

空き缶をひとつ蹴る。空き缶は音をたてて転がっていく。しかしひとつ蹴っても、不思議なことに子どもの足元には新しい空き缶が置かれていた。またひとつ蹴る。転がっていく。

けれどまた新しい缶が、蹴られるのを待っていた。空き缶は地面から湧いたように子どもの足元に現れて、子どもは必死にズック靴の爪先で蹴り続けていた。

蹴っても蹴っても湧き出てくる缶。下を向くたびに両頬にかかる髪を小さな手の小さな指で両の耳に挟みながら、子どもは空き缶を蹴り続ける。

いつまでも続く終わりのない遊びは、ほどなく子どもにとって苦痛に変わりつつあった。もはや遊びではない。

それでも子どもは、蹴ることをやめなかった。明らかに疲れはじめていた。飽きていた。しかし、空き缶がそこに在る限り、やめることはできない。子どもはそう決めているかのようだった。

「降りてしまえばいいのに」

どこからか声が降ってきた。どこか高いところから。

「そんな無意味なこと。やめてしまえばいいのに」

声は続く。

「そんなに必死にならなくてもいいのよ。あなたがそこに居るのが問題なの。あなたがどこかに行ってしまえばいいのよ。そうすれば、降りられるわ」

声は呼びかける。

「さ、逃げなさい」

子どもは声がどこから来るのか探して、顔を上に向けている。

「深呼吸したら?」

自分の足元にすでに新しい缶が準備されていることに気づかず、子どもは声を探し続けることに今度は夢中になっていた。

夢の中で子どもにそう語りかけるのは誰だったのか。夢を見ているわたしなのか、それとも他の……。

夢の中に居たあの子は誰だったのだろう。わたしがあの子だったのだろうか。わたしは、果てしないあの子の遊びであり苦役の、単なる立会人だったのだろうか。

季節も時間も場所も色も見えない、風の感触も消えた夢だった。目覚めたあとも浮遊感と疲れが尾を引いていた。

母を見送ってから、十年がたっていた。さまざまな変化があった。大きな変化も小さな変化も。最も大きな変化は母が居ないということだった。以前よりはるかに長い睡眠時間をとれるようになったこと。それも変化のひとつだった。目の幅に開けられたカーテンから覗いていたひとも亡くなった。家は壊され、いまは更地となっていた。

この半月ほど、わたしはわたしの仕事場「ひろば」から帰ると、身の回りの整理に熱中した。


「ひろば」のいつもの朝。

開店前の仕事にそれぞれが専心していた。子どもの本屋としての仕事ばかりではなく、「ひろば」の外回りにも朝の仕事に取り組むスタッフがいた。

店先のプランターやフェンスに吊るしたハンギングバスケットに如雨露《じょうろ》でしっかりと水をやるもの。そう、日射しが強い日は、鉢底から水が流れ出るくらいに。夏に向けて種子を蒔いた向日葵《ひまわり》や千日紅《せんにちこう》、子どもたちが喜ぶ風船葛《ふうせんかずら》、ジニア等の用土の前にしゃがむ若いスタッフはそれぞれの開いたばかりの双葉に丁寧に水をやっている。そう、発芽したばかりの、まだ柔らかな緑を水の勢いで倒さないように上からではなく、水は根もとに。

種子蒔きはほかの誰より、わたしが得意だった。

「なにせ年季が入ってるから」

「ルピナスさんの時間」。スタッフはそう呼んでいた。海辺の小さな村にルピナスの種子を蒔いて花盛りにしたひと。いつからか彼女がルピナスさんと呼ばれるようになったという絵本からとったのだった。

夏の終わりから秋のはじめ、そして春先と年に二回は大掛かりな種子蒔きをする。書店に入ったつもりが、「なぜ種子蒔きを?」。そんなスタッフの疑問を避けるために、面接の時から、店の花や植物は自分たちで育てるということも伝えてある。ずっと昔からのことだった。

去年の秋に蒔いたルピナスも、新しい春の中で掌のような複葉を広げている。

ずっと昔……。そう思いついて、苦笑するわたしがいる。何かを思い出そうとする時、四つの「昔」がいまのわたしには必要だった。現在を基準に、「遠い昔」とさらに「ずっと昔」と「比較的近い昔」、そしてその間に位置する「中間の昔」というように。

年をとるということは、当然、たくさんの「昔」を持つことだ。思い出すたびに暖かで優しい気持ちに充たされる懐かしい昔であっても、きつく蓋をして地中深く埋めこんでしまいたいような昔であっても。

遠い昔やさらにずっと昔、子ども時代から学生時代の終わりまで。意地っ張りと言われた子どもの日々。むき出しの自意識ばかりが尖って皮膚の表面にあった十代の頃。

中間の昔の前半は、児童書の出版社に就職してから退職するまでのほぼ十年。二十二歳から三十一歳と数か月間。

あの頃、恋愛は外を吹き荒れる嵐や靴擦れに抗うための、密やかな手立てになっていたかもしれない。あるいは避難所……。避難所と位置付けたことで、わたしはいつかは、その恋愛から出ていかなければならないことを知っていた。

「中間の昔」の後半は、子どもの本の専門店「ひろば」をオープンさせたその年から幕があがる。三十坪ほどのわたしの遊び場でもあった。四十一年、よく続いたと思う。

そして「比較的近い昔」は、母の発症と介護の日々、そこから現在につながっていた。

母が一度も顔をだすことのなかった「ひろば」で、昨日も新聞社の文化部の若い記者の取材を受けたばかりだった。

「実はぼく、子どもの頃、母とよく来ていたんです」

「東京のお生まれですか?」

「ええ、世田谷です。少し早く着いたので、見てたんです、お店の中を。『ちいさいおうち』とか『モチモチの木』とか『ちいさなうさこちゃん』とか。懐かしいですね。そういえばディック・ブルーナさんも亡くなりましたね」

『ちいさなうさこちゃん』の作者について、青年は言い添えた。子ども時代に絵本に出会っていると聞いて嬉しくなる。

「松谷みよ子さんも、コロボックルのシリーズの佐藤さとるさんも亡くなりましたね。この間はまついのりこさんも……」

四十周年を終えてということで、このところ取材がまた増えていた。

「……いろいろなところですでに語ってこられたと思いますが、この店を始められたきっかけから。あ、よろしいですか?」

座り読み用のテーブルの上で、青年がICレコーダーをオンにした。その横においた大学ノートの間から、以前に受けたインタビューの記事のコピーが見える。

きっかけから始めるの? また? 始まる前から少しだけうんざりしたが、青年はしっかりと準備をしてきていた。何も準備もしてこないで、ゼロから聞き始める記者も少なくない。

絵本を「女・子ども」のものとして、大人の文学作品より一段も二段も低く見る風潮はいまもってあったが、彼はそういった思い込みからは自由であるようだ。母の介護もあって、ここ十数年は、チーフの内藤路子《ないとうみちこ》をはじめ、他の若いスタッフに取材は振り分けてきた。絵本の専門店という、ある種、閉ざされた空間、温室に慣れすぎてほしくないという思いもある。しかしオープン当初からの取材はわたしが受けるしかなかった。その頃、彼女たちは「ひろば」にはいなかったのだから。生まれていなかったスタッフもいる。

「わたしは、いつリタイア宣言するかもしれないんだから。取材にも慣れておいて」

「困ります。冬子さん、死ぬまで、やってもらいます！　動けなくなったら、車椅子で来てもらいます。わたしが押しますから」

「競泳用の水着が辛うじて似合ううちに、わたしはリタイアしたいと思っていたんだから。それは完全に失敗したけど、リタイアすることは諦めてはいないからね。捨てられた犬たちを引き取ってどこか山奥で、海の近くでもいいけれど、犬たちと暮らす。猫もウエルカムよ。そして彼らの社会復帰を手伝う。処分寸前に救われて、介助犬や介護犬になった犬もたくさんいるんだから。この夢はまだ生きているから、よろしく！」

路子たちに言ったことを思い出しながら、テーブルの上で回っているＩＣレコーダーを見る。さ、始めようか。

「気がつけば四十年がたっていた、というのが実感です。いつも、その時点での好きなことばかり、したいことばかり追いかけてきたような」

青年にそう答えてからわたしは考える。本当にそうだったろうか？　「ひろば」を始めたために、わたしは諦めたことがなかったろうか？

「特に「ひろば」さんのような店が、政治的というんでしょうか、原発反対とか、そういうことを打ち出すというのは……」

青年はレジの後ろに貼ってあるポスターに視線をやってから、再びわたしと向き合った。

ポスターには、鮮やかな黄色の地に黒く太い文字で「さようなら原発一〇〇〇万人アクション」とあった。東京電力福島第一原発の過酷事故が起きた年に貼りだしたポスターだった。

青年が訊きたい意味にすぐに合点した。こういったメッセージが営業的にマイナスにならないのか、と訊いているのだろう。

店には絵本に混じって、子ども向けに書かれた憲法の本や人権にかかわる本も並んでいる。平和や反戦をテーマにした絵本や児童書も充実させてきた。

「ちょっと立ち止まって考えてみませんか？」というチーフの路子が書いたPOPが律儀《りちぎ》に貼ってある。『まちんと』、『少年口伝隊一九四五』、『オットー　戦火をくぐったテディベア』。平和や反戦、反原発の本などを集めた書棚のほうに目をやって、わたしは彼の問いを反芻《はんすう》しながら時間を少し置いた。

それらの活動に子どもの本屋として少しだけかかわってからというもの、仕事のものとは違うメールやファックス、電話が一時的に増えたことは事実だった。賛同・支持を伝えるもののほうが多かったが、脅しに類する不快なコンタクトも少なくなかった。

「冬子さんは、チェルノブイリ、いえ、スリーマイル島の事故の頃から、店頭に原発について考えてみませんかって、手書きのＰＯＰをだしてたんだから」

若いスタッフの宮本由美《みやもとゆみ》にチーフの路子が言っていた。

「チェルノブイリの事故の時は、わたし、まだ生まれてなかったですよ」

「そうだろう、そうだろう」

路子の言い方が可笑しい。

不快なほうのコンタクトは、オープンスペースをもってしまった者への、やむを得ない反応だと思うしかなかった。自分がしたことは自分で負うしかない。スタッフには申し訳ないことだが。

こんなにいやなことがあった、こんな妨害があったと言葉にして、それが報道されることによって、支持や激励も広がるかもしれない。しかし、それとても一時的なことを。一方、報道されることで、誰かや何かの苦境を面白がる愉快犯が新しく加わるかもしれない。あるいは、根っからの原発推進派や共謀罪支持派は、快哉を叫ぶだろう。彼らの二次的目的はそれなのだから。「トイレに注意しろ」と筆で書かれたファックスを思い出す。

「トイレには監視カメラ、つけられませんものね」

内藤路子は、以来トイレチェックの回数を増やしていた。こうした脅迫めいたものが、わたしたちの記憶にあり続ける限り、口惜しいことに、彼らの試みは成功しているということだ。受け取った脅迫状めいたものは、路子とはひとつひとつシェアしてきたが、他の若いスタッフにはチーフの路子の言葉で伝えてもらったほうがいい。神経質になり過ぎて、店の雰囲気が棘々《とげとげ》しくなるのも業腹《ごうはら》だった。

若い記者を見つめて、わたしはゆっくり口を開いた。

「パーソナル・イズ・ポリティカルというフレーズ、ご存じじゃないですよね？」

二十代後半の青年はたぶん知らないだろう。

素直な口調で彼は「知らない」というように、首を振った。

「直訳すると、個人的なことは政治的なこと、という意味ですが」

青年が頷く。

「一見、個人的に思えることの何割かは、たぶん大半は、実は政治的なこと。政治的というのは力学と訳すこともできますし、言葉通り、ポリティックス、政治と解釈もできます。……個人的な不幸と思えたものが、政治や福祉の不備から生まれることに、わたしたちの店は敏感でありたいと考えてきました」

青年はメモをとっている。たぶん、こんな説明を要することは記事にはしないだろう。

「個人的なことは政治的なこと……。わたしが若かった頃、ベトナム反戦運動が盛んな頃だったでしょうか、よく言われていたフレーズだと記憶しています。ええ、海の向こうから入ってきたメッセージです。そういえば、三十歳以上を信じるな、というのもありました」

Don't trust over 30. わたしは心の中で呟いてみる。

真夏の海辺。砂の上に棒切れでその文字を何度刻んだことか。オーバー30は、大人全般、既成の価値観のもとに社会を構成するものたちを意味していた。

砂の上の文字がすぐに波に消されてしまったあの夏の日、わたしは濃紺のセパレーツの水着を着ていたはずだ。

真面目にメモをとる青年を見ながら、彼にはベトナム戦争も、当然生まれる前の歴史だった。そう思いながら、わたしはつけ加えた。

「お書きになる場合は調べてからにしてください。わたしの記憶が間違っていて、ご迷惑かけると申し訳ないので」

わかりました。青年は折り目正しく答えた。

「すべての大人は、と言いたいんですが、特に子どもと積極的にかかわることを選びとった大人は、子どもの現在と、そして未来に対しても大きな責任があると思うんです。子どもがどう生きていくかはそれぞれの子ども自身がもちろん決めることですが、子どもが生きる社会的、政治的環境については、責任は大人にあると思います。子どもは、どの国の、どの時代に生まれてくるかを選ぶことができないのですから」

　青年が深く頷く。

「原発でも、集団的自衛権でも、戦争法でも、そうね、安保関連法っていうんですよね、共謀罪でも、ひとたびことが起きると最も被害を受けるひとたちが子どもです。いま、子どもを生きている子ども、そして、これから誕生する子どもも含めて」

　ここはカットされるだろう。彼は、わたしの政治的スタンスを取材に来たわけではないのだから。

「Personal is Political なんですね。わかりました」

　書棚を背にスナップ写真を撮って一時間三十分の取材は終わった。

「すみません、レンズを見て少し笑っていただけないでしょうか」

　すみません、と繰り返した青年に伝えたかった。あなたが感じの悪い青年で、そう、市民に寄り添うとか聞いた風なことを言いながら、どこかで自分は一市民ではなく、選ばれたひとりなのだと思い込んだ不遜な青年なら……。レンズを見て笑ってください、と言われても、わたしはそうしなかったかもしれない。「そんなあ、急には笑えないわ」とか、少し意地悪をしたかもしれない。

帰り支度を終えた青年がふと気づいたように言った。

「その文章、写していっていいですか」

座り読み用のテーブルの上に、二つに折って置いたPOPを指さしている。

「わたしが書いたものではないのですが、それでよろしければ」

……本は樹のようです。

ずっとそこに居ます。

大切につきあっていきたい　と　思います………

伸びやかな筆跡の、メッセージだった。

POPは、ひとりの男からのプレゼントだった。「ひろば」をオープンして二十年がたった頃の。

「二十周年にどでかいプレゼントをしたいと思っていたんだけれど、こんなのになってしまった。いつかもっとすごいものをあなたにプレゼントするから」

うれしい、とわたしは言った。POPの紙そのものが古くなってしまい、何度もコピーを取り直してラミネート加工をしてきた。

夜の食卓、今夜はぼくが作ろう。男が言った。

BGMはモータウンサウンズ。黒いのはレコード盤だけで充分だと言われた時代に、車の街、モータータウンで設立されたアフリカ系アメリカ人のアーティストを集めたレコード会社。

深鍋に湯を沸かしながら、男は子ども時代の話をしていた。今夜はパスタだ、と男は提案した。山盛りのサラダを馬みたいに食おう。

「六人兄弟の四番目でね。そう、兄貴が三人。下に妹と弟。食べるのがみんな速くてさ、急いで食べないと、大皿はすぐに空っぽ」

父親は障がいのある子どもたちの学園の園長だった。父親自身の思想は知らなかったが、若い教師がレッドパージに引っかかって、退職を勧告された。それに抗議して彼の父親も公立小学校の校長の職を辞そうとした。

「自分が辞職願いをだせば、おやじはたぶん、すべては元の鞘に収まると思っていたんだと思う。若い教師も復職できて、自分の辞職願いもつっ返されるってね。甘かったんだ。おやじの予想ははずれた」

障がいのある子の学園の園長になったのは、その後だったという。

曲が、マーサ&ザ・ヴァンデラスの『ヒート・ウェイヴ』に変わった。

男はニンニクを細かく刻んでいる。次は赤唐辛子。彼は高校に進学するまで、学園の生徒たちと一緒に暮らし、育ったという。街を歩いて、車椅子のひとに出会うと男はきわめて自然に声をかけた。「お手伝いすること、ありませんか?」

静かな男だった。夢を見ていても静かに笑うことが多かった。ごくたまにだったが、悲鳴に似た声をあげることがあったが、わたしは彼の肩を静かに揺すって起こすしかできなかった。そんな時だけ男の眉の間に、深い縦皺が刻まれていた。

いったいどんな夢を見ていたの？　わたしが訊くことはなかった。訊いても、彼が生きてきた日々をわたしが理解する自信はなかった。

「いろいろあって、いまのあなたがいる。ぼくだってそうだ。だからお互いがお互いの過去に関して立ち入ったり詮索するのはやめよう」

男はたぶんそう言いたいのだ、わたしは先回りして考えた。過去まで分かち合わなければ、理解し合うことはできない。そうは考えなかった。そのひとを愛するということは、そのひとのいまを丸ごと受け入れること。その向こうにどんな過去があっても、丸ごと抱きしめるしかない。それは、愛する覚悟でもあった。

男は合格率が高いと評判の進学塾で講師をしていた。生徒にも人気があるようだった。テレビで予備校の講師対抗クイズとかいうのがあった時、男が勤務する予備校にも依頼があった。そして男が出演者に選ばれた。

「それは無理だな」

男は断った。

「ぼくは生徒は大事だから、仕事として一生懸命教える。仕事に関してできることは

「それだけ。塾のPRのためにテレビに出るなんてことはできない」

大学院中退。わたしより四歳年上の男が塾の講師になったという場合、最も多かったのは学生運動とのかかわりだったが、それもわたしは敢えて訊こうとは思わなかった。男がもし自分から話したいと思う時が来たなら、そうするに違いないと考えていた。

マービン・ゲイの歌に合わせて、男はリズムをとっている。フライパンのオリーブオイルの中で、刻んだニンニクが狐色に色づいていく。

彼が大学生の頃、わたしは高校生だった。彼が院生だった頃に、わたしは就職した。

……力及ばずして仆《たお》れることを辞さないが
　力を尽さずして挫けることを拒否する

東大安田講堂の壁に記された落書を知ったのは、就職してからだった。あの頃、院生だった彼が何をしていたのか。なぜ中退をしたのか。いずれにしても、それらも含めて「いまの彼がある」と納得するしかなかった。男がわたしについて、そう言ったように。

曲がダイアナ・ロスとザ・シュープリームスの『ラブ・チャイルド』になった。

「あなたのような生まれの子を、ラブチャイルド、愛の子どもっていうんだ」

教えてくれたのも、彼だった。

いっしょに暮らし始めた頃、男は生活用具はほとんど持っていなかった。ミルクパンひとつ、フライパンひとつ、みそ汁用の小鍋。僅かな食器。しかし本だけは溢れるほどに持っていた。わたしには全く興味が湧かない、というか、どこから入っていいのかもわからない物理学の本が多かった。ほかのジャンルのものも溢れていたが、絵本や児童文学は当然、一冊もなかった。

「本屋になれそうね」

「あなたほどじゃない」

男が運び入れた本の中にかなりくたびれて、カバーもよれた赤い表紙の本があった。著者は女性だった。後ろの年譜に「二十九歳の生涯を終える」とあり、「結婚式を三十五日後に控えていた」とあった。

赤い表紙には、ヘルメットをかぶった学生の集団の写真が使われていた。何度も何度も読まれた本だとわかる。

「これを読むと、あなたの、ほんの一部を知ることができるかしら」

「そんなことはないでしょう」

男はいつものようにほんのり笑って答えた。けれど、わたしの言葉に抗うような何かが、男の背にはあった。

ぱらぱらと繰っていって、ある頁で手が止まった。頁の角が小さく折られていた。

……科学者の一人一人に人類の幸福に関わりあっているという自覚なしには、科学の発展を、資本の生産性、利潤率を求めるものとして要求する国家権力の前では、科学者は無力である。

チェルノブイリの原発事故があって、わたしが久しぶりにデモに参加した年だった。それでわたしは、その一節をありありと覚えているのだった。

「ひろば」を昼過ぎに抜けだしてデモに行くと告げたわたしに、彼は「気をつけて」と言っただけ。

「一緒に行かない?」。わたしは誘わなかった。

「他者に政治的な働きかけは、もうしたくない」

いつか彼がほろりと言った言葉が、わたしにブレーキをかけていた。もうしたくない……。その言葉で、彼の学生時代とその後の気持ちのほんの一部は理解できた。

「コーヒーだけじゃなくて、土のブレンドにも詳しいんだ、あなたは」

「学生時代はかけもちでバイトしてたから」

「昔ながらの洋食屋さんとは別に?」

「うん。そのひとつが郊外にある大きな園芸店。そこの社長に土のブレンドの仕方とかいろいろ教わった。卒業できなかったら、うちに来いと言ってくれたしね」

「いいひと」

「そう。よく焼き鳥屋に連れていってくれたしね。バイト先には比較的恵まれていた」

「亡くなったの？」

「店を拡張している最中にね。ぼくがバイトしていた頃は、ほとんど屋外の平地で、ポット入りの花苗やちょっとした観葉植物を売っていた。天気のいい日は、その場で握り飯を頬張ったりしてね。おやじさんの奥さん、あ、つれあいと、あなたたちは呼ぶんだったよね。二人分、握ってくれていた。そのおつれあいが亡くなって」

「おやじさんより先に？」

「そう。後を追うように、おやじさんも」

彼が遠い目をして続けた。

「いまは息子さんが継いでいるらしい。ね、ひとりばえって知ってる？」

「いいえ」

「こぼれ種子で増えていくのを、ひとりばえっていうんだそうだ、増えやすい植物が居るんだよ」

「居るのね、あるんじゃなくて」

「そう、居るんだ」

保水性と排水性のいい土のブレンドの割合を男から聞いたのは、あの時だった。

「土は、排水性と保水性が大事なんだ。種子蒔きをする時は、できるだけ新しい土を使ったほうがいい。籾殻燻炭《もみがらくんたん》を混ぜてもいい。昔、実家では、種子を蒔いた上に燻炭で蓋をしてた、おふくろが。畑やってたから」

戦後から数年がたった実家の畑。夏の朝いちばんの子どもの仕事は、大きなざるを持たされて畑に行くことだった。トマト、キュウリ、ナス。金色のひげを風になびかせるトウモロコシは、林檎箱に乗ってもいだ。

「ひとりばえの『ばえ』は、生えると書くんだけど」

「ひとり生え……」

「人間もそうなら面白いね」

「あなたは充分、ひとり生えしてるわ」

「あなたもそうだ」

ライアル・ワトソンの本を面白がってふたりして読んだのも、そんな頃だった。

男の言葉を思い出しながら、わたしは昨夜、掃除機を使ったのだ。掃除機の紙パックには驚くほどの土くれが入っていた。

「掃除機より部屋箒《ぼうき》のほうが便利だと思うよ」

掃除機のコードに躓《つまず》いたわたしを見て、男は微笑みながら言った。

二人用のソファに座って、男はテレビの競馬中継をぼんやりと観ていた。

「馬ってきれい。ねえ、馬はさ、これから走るんだとか、一番にゴールインしたんだとかわかるのかしら？」

「ぼくに訊いてもなあ」

「競馬場でバイトをしたことはなかったんだ」

「残念ながら。旭川の牧場でバイトした夏はあったよ。馬じゃなくて、乳牛がいっぱいいいた。まだ暗いうちに起きて牛舎の掃除をして、乳しぼりした。その年に生まれた子牛が何頭もいてね」

「わあ、かわいいいんだよね」

「後ろからツンツンって尻を突かれて、振り向くと子牛だったり」

「名前は、フェルジナンドじゃないの？」

マンロー・リーフとロバート・ローソンの『はなのすきなうし』。その絵本の主人公の子牛の名前をわたしは言った。

犬を飼わない？　突然思いついた、といった口調でわたしは口にしていた。以前から何度も何度も考えてきたことを。

その前を通ると立ち止まって長い間、離れることのできない「飼い主を探しています」という商店街の掲示板の情報。

「生きものと一緒に暮らしていくのが、たぶん自信がないんだと思う、最後までちゃんと世話ができるかどうか」

「わたしも、生きものなんだけど？」

「そうだった？」と首を傾げてみせた男は、わたしの突きだした拳をかわしてみせる。

「先行馬が好きだな、わたし」

「コーヒーいれようか」

「わたしがいれる」

赤いホーローのケトルをガス台にわたしが置いて、男はふたり分のカップをテーブルに用意した。

「で、なぜ先行馬が好きなの？」

「うーん、なんていうのかな。なんだか先行馬って健気《けなげ》な感じ。どの馬よりも先に馬場に飛び出して、懸命に走って走って、ゴール少し前で、力をためておいて後ろから来た馬に抜かれてしまう」

他愛ない思いつきを、ふたりはよく楽しんだ。

脚が外向していて、競走馬になれないと言われたアローエクスプレスが、わたしのごひいきだった。

「あなたは、ちょっと辛い体験のある馬に惹かれるんだよね。アローエクスプレスとかナオキとか。ちょっと癖があると言ってもいいかもしれない」

「そして、癖のある男とか?」

笑いながらタニノムーティエだって知っているとつけ加え、日航よど号事件とさらに加えた。

「ぼくも競馬《けいば》馬《うま》とよど号をセットで覚えてる」

男が目を瞠《みは》るようにして驚いた表情を作った。それから男はわたしが放置したままの掃除機のコードを本体におさめた。

もうずっと昔のこと。


「そのうち、すごいグリーン・フィンガーになるよ、あなたは」

男が言った。いさかいをしていても植物の話になると、お互いが穏やかになるのを知るようになってのことだった。

「植物の逞しさに、今更ながら驚かされる。動物のほうがむしろ脆《もろ》いのではないかとさえ思う。懐《なつ》くでもすり寄るでも媚びるでもなく、ただ自分の思うままに植物は生きてるだけだ。それでも熾烈《しれつ》な縄張り争いもあるそうだよ」

「植物の気持ちを熟知しているみたい」

男とのそんな会話をはっきりと繰り返すことができる。

「幾つまで生きられるのかな」

男とそんな話になった夜があった。

「そんなに長くなくてもいい。さほど執着はない。といって投げやりになるってわけでもないけど。自然に淡々と自分の寿命を生きることができたらいいと思う」

「わたしは母を見送るまでは生きていたい。見送ってしまえば、わたしも同じように思うかもしれない」

男は、たとえば執着や嫉妬、欲望からも自由に見えた。何が男をそうさせているのだろう。どこでどのようにして、男は現在の彼自身になったのだろう。執着のなさは、生来のものなのか。それとも……。男の奥深くにある遠すぎる核に、わたしはどれほど触れたいと願ったことか。触れることはできただろうか。

親密な友人から恋人になった男を同時に親友と位置づけられることが、わたしの喜びであり、密やかな誇りだった。

「ひろば」の座り読み用のテーブルにいまでもあるＰＯＰのあの伸びやかな文字を残して、男は死んだ。バイク事故だった。看護も介護もさせずに、不意に男は逝ってしまった。

そのことを知っているのは、チーフの路子だけだった。「ひろば」を拡張した頃、泣いている余裕のない時だった。悲しみをスタッフに見せられない。

泣くのは明日になってから。その明日が来ればまた同じことを自分に言い聞かせた。

リビングルームに面したガラス戸を一気に開ける。

力を込めすぎたのか大きな音になって返ってきた。さえずりが聞こえた野鳥の声がとまった。鳥たちの朝の平穏を、わたしは破っていた。この界隈の鳥たちはこのところ、ただでさえ騒音に悩まされているはずだ。古い建物の解体とそれに続く新築工事が続いていた。

都心でありながら比較的樹木が多い、ゆったりした区域に母から譲られた古い家はあった。ここ数年、近隣の家々が次々に壊されている。古びてはいるが、落ち着きのある家ばかりだったが、持ち主が亡くなり、家と土地はそれを相続したものによって、更地にされた。更地にされると、その家の大きさがはっきりする。

五月になるとパーゴラに白とピンクの蔓薔薇が咲く家。春先にそれは見事な水仙を庭いっぱいに咲かせる数寄屋《すきや》造りの家。大きな藤棚がある家。ラベンダーやタイム、ローズマリーやカモミールやミント類などハーブだけを庭いっぱいに育てていた家。わたしの好みではなかったが、トピアリーというのだろうか、常緑樹や低木を動物や鳥の形に刈り込んだ広い庭のある家もあった。小さなわが家はそれらの大きな家が並ぶ一角にあった。

しばらく住人の姿を見かけないと思うと、家は解体されて瞬《また》く間に更地になり、幾つかの区画に分けられて売りに出されていく。そして以前あった家の四分の一ほどの敷地に分割されて洒落た家が建つのだった。

住人の世代も明らかに変わった。

やや間があってから、再び啼きだした鳥の声を聴きながら、わたしは昨夜あけたての悪いガラス戸の敷居を掃除したことを思い出した。小粒の赤玉土やバーミキュライト、ピートモスなど園芸用土の小さなかたまりが敷居のあちこちに固まっていたのを掻き出したのだ。

「ひろば」の夜だった。どこの書店でも同じだろう。実際に開店している時よりも、閉店してからの仕事が多かった。売れた本のスリップを束ね、在庫数を調べて、本を切らさないように新しく発注をする。乱れた書棚をきれいにして、座り読み用のテーブルに置かれた本を作家別やテーマ別のコーナーに戻し、客の注文を書き出し、明日の早番スタッフへの伝言をメモし、最後に日報を書くのだった。

「クレイムなし。『オレゴンの旅』がどうしてもほしいとおっしゃるお客様がこられました」

レジの横にポストイットが貼ってある。早番ですでにあがったスタッフが残していったメモ。

「版元にもうないって言われたけど。明日朝いちばんでもう一度電話をして、お客様にご返事して」

「版元の倉庫に一冊でも残ってないかしら」

「編集部に埋もれてるってこともあるしね」

サーカスに居ることにいやけがさして、逃げ出したピエロとクマ。ピッツバーグからクマの生まれ故郷のオレゴンの森にたどり着くまでの、ひとりと一頭の旅を描いた絵本。サーカスを逃げだしても、ピエロはしかし旅のあいだじゅう赤いつけ鼻を外すことができなかった。クマをオレゴンの森に送り届けてひとりになったピエロは言うのだった。

……今度はぼくの旅に出よう、なんにも考えずに、心を軽くして。

翌朝、ひとり歩きだしたピエロの背後、白い雪の上に赤いつけ鼻が花のように残されていた……。

わたしも好きな、絵もストーリーも不思議な魅力のある絵本だった。版元で品切れになってから長い。いつか、再版を叶えたい。「ひろば」で予約をとれば、なんとかなるかもしれない。そんな夢を語り合えるのも、路子だった。

チーフの路子が「ひろば」に来て三十年になる。保育士から転職してきたのだ。

「キデイランドってあるじゃない？　表参道沿いに。ウラハラなんてない頃、昔から、外国人も立ち寄る原宿の名所のひとつだった。大きな玩具屋さん。そこの面接を受けに行って、あなたは、玩具より子どもの本のほうが合っていると思いますよって。面接したひとに言われて」

「そう、で、うちを受けに来たの。うちは二次志望、キデイランドも持ち主が変わってしまったけど」

「面接したひとに感謝ですね、キデイランドのひとにも、「ひろば」で面接したひとにも。目が高い」

クッキーをまたひとつ口に放り込んで言ったのは、宮本由美だった。

わたしのところに履歴書を持ってきて、そのまま面接して路子は即採用となったのだ。

「おじょうずを言ってくれるのね」

路子が茶々を入れて、由美はわざとらしく目を瞠ってみせた。新旧二人の、会話を聞きながら、わたしはロングセラーのコーナーを片付け始める。

「わたしだって、母親に連れられてここに来てたんですよ」

対抗するように由美が言う。

「『ぐりとぐら』のシリーズとか、『ピーターラビット』のシリーズとか。『おしいれのぼうけん』とか。フィリッパ・ピアスの本も大好きでした」

「わかった、わかりました。ところで手は仕事をしてるのよね？」

「はい」

レジのお札をあげて、当然仕事中！　という仕草を見せてから、由美は続ける。

「最初に来たのは、サンタクロースを信じていた頃。ラッピングの包装紙が「ひろば」のだと、ここで買ってきたって子どものわたしでもわかってしまうので、母は東京堂かどこかに先に寄ってクリスマス用の包装紙を買って、これで包んでくださいって」

「あ、そういうお客様、いまもいらっしゃいますよね」

「そうしたら、店にも、いつもと違う包装紙の準備があって、対応してくれたのが」

「若き日の冬子さんだ」

「そ、若き日の、わたし」

「ええ、ここの採用試験を受けた時、母から聞きました」

「そうそう、真紅とダークグリーンの無地の包装紙も準備していて、どちらがよろしいですか、って」

　路子が割って入った。

「その習慣、ずっと続いているんですね」

「冬子さんが言い出してから」

「二十五日の朝には、ダークグリーンの無地の包装紙に包まれた本が枕元に在りました、『はてしない物語』とか『モモ』とか」

「そうか。ミヒャエル・エンデがよく読まれた頃か。『モモ』は七〇年代、『はてしない物語』は八〇年代だから」

「わたし、まだ生まれていませんでした」

「かわいくない子だ」

　路子が大げさにのけぞってみせた。そうなんだ、とわたしも改めて驚く。夢のように月日は滑り落ちていった。

「冬子さんが書棚の整理をしていたの、覚えています。母が、あのひとがこの店のオーナーさんなのよ、って教えてくれました。写真を撮ってた時もありました。絵本を手にしてこっち向いてくださいってカメラのひとが言っていて」

「不機嫌そうにしていたでしょ？」

「冬子さんって、写真撮られるのが好きじゃないから」

　路子がつけ加えた。

子どもの本の専門店の珍しさから、取材がよくあった。「ひろば」の宣伝のために、できるだけ取材には応じてきた。最近は路子はもちろん由美たち若いスタッフに対応してもらうようになっている。

「この店のベスト10をおしえてくださいっていう取材、いまでもよくあるけど」

エプロンをはずしながら路子が言う。路子のその左手の甲にボールペンで何かが書いてある。急ぎのことをメモする時、彼女は左手の甲をメモパッドにするのだった。

「それにしても、四十年かあ、すごい！　ですよね」

由美がため息をつくように言った。女子大の児童文学科を卒業して一昨年入ってきた新人、二十五歳になったばかりだった。

「そ、あなたが生まれるずっと前から、わたしはここで、本屋をやってきたのよ」

「由美のおかあさんって、わたしと同じ年齢なんですよ」

不満げを装って路子が訴える。

「でもね、年齢を気にしなくていいのよ、ここでは。まったくタブーじゃないから、冬子さんは、年を取るのがうれしくて仕方がないっていう、不思議なひとだし。きっと夜毎ホウキにまたがって、空飛んでる」

「『魔女の宅急便』ってとこかな」

「『花さき山』の山ンばかも」

路子が受けてそう言って、ボールペンの筆跡がある手の甲で、自分の額をぴしゃっと叩いてみせた。

「……ルピナスさんは小さなおばあさんですが、むかしからおばあさんだったわけではありません」

バーバラ・クーニーの絵本『ルピナスさん　小さなおばあさんのお話』から、最も気に入っているフレーズを、わたしは声にした。

「そうよ、むかしから、おばあさんだったわけではないよ、ルピナスさんもわたしも」

「ルピナスさんの、出版社は？」

路子が由美に訊く。こうしてさりげなく日常の中で新人を育てていくやりかたを、路子はどこで身につけたのだろう。

「ほるぷ出版」

「ピンポーン」

路子が頷いた。文章を書かせてもうまいし、「歩く検索機」とスタッフから呼ばれるほど絵本や児童文学に詳しい路子だった。保育園にいたという前歴もあって、子どもとはすぐに仲良くなったが、それでいて誰に対しても親しくなり過ぎるということがない。馴れ馴れしさのない路子の人柄が、わたしには好もしかった。

お客よりも作家のほうを向きがちなスタッフもいたが、誰と向き合っても等距離がとれるのは、「ひろば」の大事な姿勢だと評価している。

春から晩秋まではコットンやリネンのシャツにジーンズ。寒くなるとその上にセーター。そして「ひろば」というロゴが入ったポケットがたくさんある生成りのデニムのサロンエプロン。それが路子のユニフォームだった。

ショートカットの髪の生え際に、路子も白いものが混じりはじめている。

「わたしも冬子さんにならって、髪は染めません」

浅黒く、目鼻がはっきりした顔立ちの路子の目じりに刻まれる細かい皺が、鋭角的にも見える彼女の顔立ちに、深みのある陰影を与えていた。年をかさねるほどに魅力的になっていくタイプだ。

「うれしいな、明日おやすみ、わたしはなんにでもなれる。『わたしは生きてるさくらんぼ』」

絵本のタイトルからとってそう言ったわたしの傍らから、路子が声をあげた。

「『わたしは生きてるさくらんぼ』、文章はだれ？」

「デルモア・シュワルツ」

間髪《かんはつ》を入れず、由美が応えた。

「絵は？」

「もちろんバーバラ・クーニー。冬子さんのごヒイキですから」

正解、というように路子が頭の上で両手で丸をつくってみせた。

こんな時間がわたしの最も好きな時間だった。子どもがいないわたしにとって、路子は娘の年代だったし、宮本由美は孫と言ってもいい。自分の子どもを思う時、いつもそこには神経症の母がいた。わたしという子どもが母から自由を奪ってきたのではないか。母を愛し、母の娘であることも愛してきたが、わたしには、母親になる自信がなかったことを認めなくてはならない。

「さ、早く帰れる日は早く帰って、自分で充電しなくちゃ」

路子がスタッフの背を押すように言った。

「おつかれさまです」

「おつかれさま」

ひとり残ったわたしは書棚から面だしをした『ルピナスさん』とその原書を手に、古びた座り読み用のテーブルを前に腰掛けた。「ひろば」をオープンした四十年前、座り読み用のテーブルを備えた書店はなかった。

「当時は珍しかったでしょうね。うちの会長が言ってました、座り読みなんて、なんと本屋を知らない素人かって思ったそうですよ」

新刊の見本を持ってきた版元の営業部の女性が言った。昨日の午前中のことだ。どうしても創業四十周年の話題になってしまう。

「絵本はすぐに読めてしまうから、座り読み用のテーブルなどあると、売れなくなりますよ。第一本が汚れるし。返品もしにくくなりますって言われたわ、あなたのところの社長さんに。当時のわたしはあなたと同じぐらいの年齢だった」

「で、なんと応えたんですか？」

「返品はしません、って」

本屋は返品ができるから、商売が成り立つと言われている。

「返品できるが前提になったら、発注が雑になる可能性もあるし。で、自分が発注したものは、丁寧にＰＯＰを書いて、一生懸命おすすめするようになる」

「なるほど。ベスト10も発表しないいんですよね？」

「あなたのベスト10が、別のひとのベスト10にはならない。そんなこと、誰から訊いたの？」

彼女の問いにわたしは質問で応える。きれいなグラビアが多い女性誌の編集担当の名前を彼女は告げた。

「彼女、感心してましたよ。ベスト10を出してしまうと、大人はどうしてもそれに頼ってしまう。『ひろば』はそういったことに惑わされずに、子ども自身に本を選んでほしい。そして」

彼女は言葉を続けた。

「子どもを本嫌いにする方法。その一、読んだ後にテストする、ですね。いまの絵本に猫は何匹でてきましたか？　とか。ちゃんと読んだか心配で、大人はつい訊いちゃうんですよね」

彼女にも二歳と六か月の女の子がいるという。産休が終わったら、すぐに出社したくなったという話をした後、彼女が続ける。

「その二、読んだ冊数を比較する。一冊読むごとにハンコ押してくれる小学校があるんだそうです。競争原理もここまで来たのか、ですよね。その三、感想文を書かせる。大好きな本を読んだ先に苦痛な作文が待ってるなんて、ですよね？　そして本嫌いな子をつくる極めつけは、本を読む子は『いい子』って言うこと」

「本好きな子にしたかったら」というＰＯＰを読みながら、彼女は言っているのだった。

「座り読み用のテーブルも、随分反対されたわ。ブックカフェとかいまでは珍しくなくなったし、子どもたちは本を汚すこともなく、一冊読み終えれば、元の書棚にきちんと戻して、次の読みたい絵本をとってくる。子どもがそうしていると、大人もそうなってくれるしね」

声に出して読む。


「子どもが教えてくれる？」

「そう。大人がいつも教える側ではないっていうこと」

営業部員と交わした会話を思い出しながら、わたしは『ルピナスさん』を開いて、声に出して読む。

……ルピナスさんは小さなおばあさんですが、
むかしからおばあさんだったわけではありません。

作者のバーバラ・クーニーは二〇〇〇年に亡くなっていた。他の作家の作品に絵を提供することもあったが、『ルピナスさん』は文章も絵もクーニー自身だった。板に水彩絵の具で描き、色鉛筆でアクセントをつけるという独特の画法を使ったクーニー。彼女についての評伝や詳しくその人生を追った本は日本では刊行されていなかったが、児童文学科の卒論などではよく取り上げられると、宮本由美は言っていた。

翻訳された絵本の隣にハードカバーとペーパーバックの原書を並べて展示するのが「ひろば」のやりかただった。翻訳本とハードカバーの原書の表紙は色合いは微妙に違っていたが同じもので、ペーパーバックは、原書の中の一ページ、紫や青、ピンクのルピナスの花の前に跪くルピナスさんの絵が表紙になっていた。

原書が本国で刊行されたのが一九八二年。作者が六十代半ばを過ぎた頃になる。ストーリーはルピナスさんの子ども時代からはじまって、終《つい》の棲家《すみか》と決めた丘の上の小さな家に落ち着くところから、第二章に当たるような物語が展開する。

腰を痛めた彼女はほぼベッドで過ごす日々の中で思い出すのだ、遠い昔の祖父との約束を。

「……世の中を、もっとうつくしくするために、なにかしてもらいたいのだよ」

幼い彼女を膝にのせて、祖父は言った。「ずっと昔」、大きな船でアメリカという国にわたってきた祖父は、船のへさきにつける船首像を彫る職人だった。世の中を、もっとうつくしくするために……。

腰が回復して散歩にでるようになった時、彼女はルピナスの種子を村のあちこちに蒔いて歩く。野原や丘、教会や学校の周り、広い通りにも狭い道にも……。

最初は村人から変わり者扱いをされていた彼女も、いつの間にか「ルピナスさん」と呼ばれるようになった、という物語だった。

海辺の村に昔から暮らす住人にとって、彼女は異質の存在、はじめはよそものだったのだろう。

異質、よそもの。わたしもずっとそうだった、とモスグリーンのマントを羽織り、丘に立つルピナスさんの絵を見ながら思う。どこに居ても、何をしていても居場所がない思いがずっとあった。だが、ようやくここ「ひろば」が自分の居場所、とためらいなく呼べるようになったのだ。

しかし、このまま続けることができるだろうか。体力的にも無理になりつつあることを否応なく意識するようになっていた。記憶力もまた。

表紙はすぐに頭に浮かぶのに、作者名が思い出せないことも増えてきた。画家の名も忘れている。ロングセラーはまだしも、新刊についての記憶に自信がなかった。

遠い記憶だった。さあそろそろ帰ろうと考えているところに、路子がひょっこり店に戻ってきた。

「どうしたの？」

「みんなが帰るのを待つあいだ、コーヒー飲んできました」

スニーカーを脱いで椅子の上に胡座をかいて絵本を開いていたわたしを見て、路子が言った。

「冬子さんって、ほんとは幾つなんですか？」

「ネルシャツにジーンズ、若ぶった格好して？」

「自覚あります？」

「もちろん」

「年齢を過剰に意識はしない。けれど、いつまでも若々しくとかとも望まない、ですよね？　でも充分若々しいですよ」

「それは誉め言葉？」

「誉め言葉以外の何なんでしょう。呆れ言葉って言ったほうが正確かもしれません」

「ありがと、と言うべきかしら？」

「言いたくないですか？」

「言おうと思えば、言えるけど。そんなに嬉しくないんだな、若々しいと言われても」

「冬子さんらしい」

「ちょっと待って。その、らしいっていうのも、好みじゃないんだな」

「はいはい」

路子はそれから、改まったように直立不動になって言った。

「冬子さん、パスタご馳走《ちそう》してください。おなかがすきました」

「オーケー。ちょうど、夕食どうしようと思っていたところだし」

さりげなく応えながら、心のうちには身構えるものがあった。きっと何か話があるのだろう。わたしは手早く絵本を重ねて書棚に戻した。

若いスタッフだと年が離れ過ぎていて、どこか遠慮してしまうところがあったが、路子となら気兼ねがない。

カジュアルなイタリアンレストランのテラス席。赤と白のギンガムチェックのテーブルクロスの上に、ワイングラスがひとつとミネラルウォーターのグラスがひとつ。ワインは路子だった。

「それにしても、一冊売って二割の売上しか入ってこない書店業界に、冬子さん、どうして飛び込もうと決めたんですか？」

椰子《やし》の芽《め》の前菜が終わって、パスタが運ばれてきたところだった。路子がカルボナーラ、わたしはペペロンチーニだった。路子はさらに子牛のカットレットもオーダーしている。

路子には何でも話してきたと思っていたが、そんなことも話してなかったのか。わたしは彼女を見つめ直して話し始める。

「子どもの本屋って、それらしいこと沢山言えるのよ。子どもの想像力を、とか。現在の教育行政のもとでは無視されがちな、とか。自己肯定感を子どもに持って欲しいから、とか」

こういったもの言いに、わたしはうんざりしていた。取材に来る新聞社や雑誌社の記者が、そういう言葉を求めていることがわかったが、わかればわかるほど、言いたくなくなってしまうのだ。

「冬子さんて」

「なあに？　何か言いたい？　どうぞ」

「ご馳走してもらってるんだから、やめておきます」

「ご遠慮なく」

「冬子さんって、自分で自分を追い詰めていくタイプだと思います。目の前に、太陽の光が溢れる広い平坦な道と、狭くて険しくて暗い道があるとしますよね？」

ワインをひと口飲んで、路子が言った。テーブルに置かれたランタン風の照明が路子の顔を淡く照らしている。前髪のあたりの白髪がまた少し増えていたが、整ったりりしい顔立ちだ。

「たとえが単純で極端すぎるな。で、わたしは敢えて後者を選ぶって言いたいのね、あなたは」

「そんな感じがします」

普段は発注はどうするか、どの本が増刷未定で入手困難だとか仕事にまつわる話ばかりを路子とはしてきた。訊かれれば答えたが、お互いプライベートなことはほとんど話し合うことはなかった。それでいて、いちばんの同志のように思っている。私的な生活に踏み込んで来ないことが有難かった。しかし、こんなふうにふたりだけで食事をするのはいつ以来のことだったろう。

「単純化した話なら、わたしも単純化して応えよう。明るいほうが好き、広い平坦な道を選ぶ。狭くて険しくて、その上、何だっけ？　そう、暗い道よりもはるかにね」

「ちょっと見には、冬子さん、そう見えるんです。明るいひとに。それもとびっきりの」

「苦労は買ってでもしろ？　ご冗談でしょ。苦労は生ゴミと一緒に出してしまえ、だわ」

　パスタをフォークに巻きつけながら、わたしは応えていた。ペペロンチーニは、貧者のパスタと言うのだと作りながら教えてくれた男のことを、考える一瞬がある。

「ニンニクと赤唐辛子、塩と胡椒だけだよ。でも、ぼくはこれがいちばん好きだな、スパゲッティの中では。そして、これが最も誤魔化しが効かないパスタ料理だと思うよ」

　大きな口を開けて旨そうに食べる女が好きだ、と男は言っていた。

　路子は美味しそうにカルボナーラを頬張った後、覚悟を告げるように不意に言った。

「わたし、結婚することにしました」

「…………」

　結婚はしないと思う。さほど関心がないと言っていた路子が、彼の任地についていくと言い足した。

「そう、決めたんです」

結婚式はなし。新生活は彼の仕事の関係で福井で始めます。早口でそう言って、路子はワインをまたひと口飲んだ。言葉にできてほっとした。そんな表情だった。

こうして退社するスタッフは前にもいた。どういうわけか、みんな突然に言ってきた。フリーランスで絵本の編集をしたい。チェーン展開をする大きな書店の絵本部門に引き抜かれましたので。こういった時、わたしは覚悟を決めるのが早かった。辞めようかどうか迷ったスタッフは、その時点では引き留めることができたとしても、いずれは辞めていくのだ。「いずれ」がやってくるものなら、早いほうが手を打ちやすい。お互いにとって。それが「ひろば」を経営する四十年で、わたしが学んだことのひとつだった。

このひとが居なければやっていけないと思い詰めたスタッフが辞めても、続けることで新しいスタッフは確実に育ってくれた。上がつかえていたために出せなかった能力を、上司が辞めたことで花開かせるものもいた。さまざまな体験を通して、わたしはこう結論づけた。

わたしが辞めない限り、「ひろば」は続くのだ、と。

しかし、路子が辞めるとは。それも結婚退職とは……。

「青天のヘキレキ、正直なところびっくり」

「自分でもびっくりしてます。新しいスタッフの補充をお願いします。退職するまでの半年で、一応、お客様に対応できるよう、必死で育てます」

そう言ってから、路子は「育ってもらいます」と言い換えた。子どもでもスタッフでも、育てるという表現をわたしが好まないことを、路子は知っていた。ひとは自分で育つもので、誰かに育てられるものではない。これも「ひろば」を続ける中で引きだした、わたしの勝手な結論だった。

ある時になったら、「ひろば」を路子に正式に譲ろう。そんなことを勝手に考えていたわたしには衝撃だったが、一度決意したことを変えるような路子ではないことを、わたしは承知していた。彼女の性格からいえば、考えに考えた末の決断であり、報告のはずだった。

七十歳になっても、能力が衰えなかったら、ここに居させてください。それが口癖の路子だった。

「福井からの通勤は無理だもんね。……驚いたけど、おめでとう」

動揺がない訳ではない。しかしそれを抑えて、わたしは言った。

「申し訳ございません」

「謝ることではないでしょ。で、その幸せな彼はどんなひと？」

「本が好きなひとです。高校時代のクラスメートなんです」

使わなくなった冷蔵庫まで書架にしている路子を知っていた。店にこんなにも本があるのに、好きな本は買わずにはいられない。そんな路子である。

「昔から？　彼とは」

「いえ、去年クラス会があって、彼、久しぶりに参加したんです。二次会でやけに話が合って。それから時々彼が上京して来ると、銀座でデートをしてました。彼が勤める会社の本社が銀座に近いので。ええ、会社員です」

何かを読み上げるように、路子は訊かれそうなことを早手回しに言った。こみ上げてくる可笑しさを、わたしは堪えていた。照れると早口になる彼女だった。それ以上、路子に訊くことはなかった。路子が愛した男なら、きっといいひとに違いない。全く単純にそう思った。

一方で、路子の代わりになるのは誰だろう、と頭の片隅では考えるわたしがいた。路子以外のスタッフひとりひとりの顔を思い浮かべながら言った。

「幸せになれそうだね」

そんな会話を交わしてから半年後、繁忙期《はんぼうき》のクリスマスシーズンを終えてから、路子は彼が待つ福井に向かった。

「……北の街に、彼といっしょに来ています。植物園はもちろん、普通の家の庭にも、いたるところでルピナスが咲いています。ピンク、濃淡の紫、白。花が咲きあがる様子が藤の花を逆さにしたようで、昇り藤とも呼ばれるのですね。朝夕の気温差が花の色を鮮やかにしてくれています。冬子さんがお好きなあの絵本みたいな海岸を、今朝歩きました」

遅れた新婚旅行です、という書き出しの絵葉書に番号を振って、二枚送って寄越した。

路子からの深刻なメールが入ったのは、幸福の絶頂にいるような絵葉書から数か月後だったろうか。

夫の体調がきわめて悪い。いままでの病院ではヘルニアと言われていたのに、一向によくならないので、別の総合病院に行ったこと。そこで膵臓がんと診断され、それも相当すすんでいると宣告されたこと。ここでは治療が充分とは思えないので、上京してがん研究センターに行きたいと思っていること。彼もそう望んでいること。まずは自分だけ病状の資料をもって上京すること。そこまでは独りでできるが……

「それ以上の何かが必要な時は、冬子さん、手を貸してください」

路子の実家は世田谷にあったが、父親はすでに亡く、母親も健康ではないと聞いていたことを思い巡らして、過不足のない路子のメールを読んだ。

独りで上京して病院を訪れた後の路子と東京駅で待ち合わせると、近くのホテルの喫茶室に移動して、わたしたちは改めて向かい合った。ホテルの正面玄関にセットされた大きな樅《もみ》の木《き》に銀色のイルミネーションが点滅する季節がきていた。

「寒くなってきたので、彼のダウンジャケット買っちゃいました」

デパートの大きな袋を見せて、路子は心のうちを隠して、力なく笑った。頬がこけている。

頬に縦皺を刻んだまま路子は話した。治療の時期はすでに過ぎていて、ホスピスをすすめられたと伝える時にはさすがに涙声だった。気丈な路子が、はじめて見せた一面だった。

「彼と電話で話したんです。彼、すべてを察していると思います」

そういうひとだから、と低い声で言った路子の目に涙が盛り上って零《こぼ》れた。路子の涙を見たのはおそらくはじめてだろう。

「ベッドに空きができるまで、しばらく待機するように言われてきました」

涙を拭わず、路子は続けた。

「冬子さん。病院の伝手《つて》はありませんか？　冬子さんがそういうの嫌いだということは知っています。でも、わたし、彼を少しでも痛みから解放したい」

路子は銀座にある大きな病院の名前を言った。

ホテルの喫茶室にはクリスマスソングが流れている。

全く単純に幸せであってほしい。心からそう願う女に限って、どうしてこうも重すぎる荷を背負うことになるのだろう。そう思いながら、わたしは窓の外に視線を移した。

「そういうの」は、わたしが最も苦手とすることだと知りながらも、路子には他に相談するところがないのだ。その必死さが痛いほどよく伝わってくる。しかも路子と彼には時間がなかった。

「期待に応えられないと申し訳ないけど……」

わたしはそう言うのが精一杯だった。一方で、知り合いのある男を考えていた。ホテル内に流れる陽気なクリスマスソングが耳に障《さわ》る。路子が言うように、「そういうの」、伝手を頼るというやり方は、わたしが苦手で嫌いなことだった。しかし、彼の力を借りようと覚悟は決まっていた。

その夜遅く、わたしは路子にメールを送った。

「……うまくいくかどうかはわからないけれど、あれからすぐに連絡をとってみました。クリスマスの少し前になると、いつも小児がんの病棟に絵本を贈っているひと。あなたにも何度か選書につきあってもらったことがありますね。あのひとに連絡をとってみました。緩和ケアの病棟を訊いてくれると言ってくれました。

今夜はあなたも少し休んでください。わたしも少し眠ります。おやすみなさい」

わたしが愛した男の、弟だった。

「兄弟でもずいぶん違うのね」

「ドロップアウトなんてちっとも格好良くない、とやつはぼくを通して学んだんだろう」

ほとんどつきあいのなかった男の弟が、突然「ひろば」に現われたのは、何年か前のクリスマスシーズンだった。肺がんの手術をした病院でクリスマスを迎える子どもたちに絵本を贈りたくなってね。クリスマスだというのに突然、仏心に目覚めたってわけ……。

すぐにパソコンがメールを受信したことを報せた。路子はまだ起きていたのだ。

「お土産に買っていただいた柿の葉寿司とカツサンド、彼といただきました。彼はいつにない食欲をみせてくれました。ご馳走さまでした。病院の件、すみません。実現しなくともそれだけで、うれしいです。冬子さんとあのひととは、思想的には真逆でしたよね。一時は絶交状態だったと、あのひとから直接聞いたことがあります。それなのに連絡をとってくださったとのこと。申し訳ありません。

わたしも寝ます。

外は雪です。かなり積もりそうな降りかたです」

雪の降る深夜、独りでパソコンと向かい合っている路子を思うと、やりきれなかっだった。その路子のためにほんの少しでも何かができることに、わたしは正直安堵したのだった。

翌日すぐに緩和ケア病棟への入院が決まった、と男の弟から連絡が入った。

「バカな左翼」と彼がわたしに言い、「傲慢な右翼」と、わたしが言い返したのは、いつのことだったろう。

クリスマスイブの朝に寝台自動車で路子と夫は福井を発ってきた。彼らが病院に到着する前に、すでに彼の名札が出された病室に、クリスマスケーキと小さなツリーを置いて、わたしは店に戻った。

「ありがとうございます。いま到着しました。彼は元気です。久しぶりの銀座のイルミネーションを見ました」

携帯電話の留守電に、路子の声が残っていた。

年を越すことはできたが、新しい年を迎えて数日後に路子の夫は亡くなった。

葬儀の日、わたしは路子の夫が電力会社の原発部門の研究員だったことを知った。チェルノブイリの原発事故以降、「no nukes」のチラシを店に置いていること、反原発の雑誌などに子どもの本の専門店の立場からわたしが時々寄稿してきたことも知っていた路子。

「会社員です」としか言わなかった気持ちを思った。望みの病院に入院できるように労をとってくれたあのひとは、原発推進派を登場させる週刊誌を刊行する出版社の役員だった。

夫を亡くした路子は、しばらくのブランクの後、再び「ひろば」に戻ってきた。

「まずはもう一度アルバイトからはじめさせてください。正社員にできるかどうか、わたしを試してみてください」

路子らしい律儀な申し出だったが、三か月後、路子をチーフに返り咲かせ、わたしはかなりの部分を路子に任せるようになった。路子のおかげで、当時始まったばかりの母の介護を暮らしの中心に据えられるようになったのだ。


時間を確かめるためにテレビをつけようとして、リモコンを探し出すのに、少し時間がかかった。この部屋にあるはずの小さな置時計も見当たらない。母を介護していた頃の名残りでもあるのだが、いつの間にか増えてしまった時計は、それぞれの部屋のそれぞれの定位置に置いてあった。けれど、時々持ち主の許可もとらずにどこかに消えてしまう。そうして数日後に、思いがけないところで時を刻んでいるのを発見するのだった。

「6：15」

テレビの画面の左上に時刻が刻まれている。今日はまだ始まったばかりだった。

「一日中快晴です。洗濯日和ですよ。昨日とはうって変わって夏のような晴天と陽気が、全国各地で夕方まで続きます。夕刻には山沿いではにわか雨が降るところもありますから、洗濯物は早めに取り込んでください」

誰が取り込むの？　誰に向かって語りかけているの？　わたしはテレビの中の男に向かって訊き返したくなる。家にはガーディアンエンジェル、家庭の天使という名の女がいて、朝いちばんに洗濯をして、陽が高いうちに洗濯物を取り込んで、ベッドメイキングして、急いで夕食の支度をする……。そんな時代はとうに終わっているのに。八〇年代の自立ブームとはまた違った意味で、女も働かざるを得ない不況が来ているのに。

テレビで気象予報士が話し続けている。

「ところでご存じのように、熱中症は真夏だけのものではありません。この季節も要注意です。こまめな水分補給と、日差し対策を心がけてください」

ピンクの濃淡の芝桜の丘を背景にして、気象予報士は伝えている。

「一日の水分摂取量、トータル６６０cc。もう少し増やしたいところです」

母のベッドサイド。デスクの上の介護ノートの一日の終わりに、書き留めていたことをわたしは思い出す。

母の最期の頃、水分補給は点滴となった。胃へのカテーテルを通して高カロリーの栄養剤とともに落とされたのも「水分」だった。

ミネラルウォーターをグラスに注いで、画面の芝桜がどこの風景なのか確かめようと、わたしは眼鏡をかけ直した。画面の男は、列島の地図を銀色の棒で指し示しながら言った。

「来週あたりが梅雨入りの地方もあるとお伝えしましたが、来週は天候も一変して、北海道の一部では雪が降るかもしれません」


二十二歳で就職した児童書の出版社を、ほぼ十年経って退職すると、すぐに「ひろば」を始めた。貯金と、あとは信託銀行からの借入金だった。社会はバブルに向かっていた。レイチェル・カーソンの『沈黙の春』を繰り返し読んだ頃だった。

勤めていた頃、仕事のスケジュールノートとは別に、自分だけのノートを持っていた。

ノートの表紙には「リトルロック9　取材切望」と書いてある。ああ、そうだった。記憶が遅れてやってくる。アーカンソー州リトルロック・セントラル高校の九人の若者たち。

……アーカンソー州リトルロック、オーバル・フォーバス州知事、アイゼンハワー大統領。ノートに記されたいくつかの単語と簡単なメモと記憶とを結んで、わたしはストーリーを組み立て直す。

公立高校における白人とアフリカ系アメリカ人の分離教育が違憲とされ、融合教育化が推進されるようになった。セントラル高校の通学範囲に住む五百十七人のアフリカ系の学生のうち八十人が転校を希望。委員会によって十七人に絞られ、最終的に九人が高校に進学することになった。この九人が公民権運動のシンボルとして「リトルロック9」と呼ばれるようになった。

一九五七年八月。暴動が予測されるとしてセントラル高校の保護者会が、融合を阻止する要望書を連邦地方裁判所に提出したが、却下。九月四日、暴動を怖れたアーカンソー州知事が、登校を阻止するために百人の州兵を高校に配置。市民四百人が登校する生徒に罵声《ばせい》などを浴びせる。

九月二十三日。一千人の白人が高校を取り巻いたためにアフリカ系の生徒は裏口から登校。

九月二十四日。リトルロックの市長が、大統領アイゼンハワーに軍隊派遣要請。当初は関心を示さなかった大統領もテレビなどで報道された結果、動きだす。

九月二十五日。陸軍第１０１空挺師団に守られながら生徒たちは登校。

十二月。生徒のひとりが挑発にのって反撃、停学。校内には白人学生による落書きが。「One down, eight to go」。ひとり消した、あと八人もやっちまえ！

数年前の新聞に、リトルロック9の、初の卒業生が、六十七歳で死去という記事が載ったことがあった。

「リトルロック9」を、いまでも記憶するものがどれだけいるだろう。漠然と望んだ彼ら彼女らへの取材と、それを絵本にすることは実現していなかったが、わたしは彼らのことをずっと温めてきていた。

その古いノートの最後の頁、白いままで残っていた一ページに、ボールペンの文字で未決の事項を書き留めた。

検査結果によって。

閉める、譲る。しかし誰に？

居抜きで売る方法もあり。

「当行のお客様の中に、こちらさまを居抜きで購入できないか問い合わせてきたかたがおられまして」

銀行の支店長は言った。顔色の冴えない男だった。

「いつでしたか、丸ごと引き受けてくれるひとが居たら譲ってしまおうかな、と。いえ、ジョークのように言われたこと、思い出しまして……。一応お伝えしておこう、と。考えていただく余地が少しでもあるかどうかだけでも……」

テーブルの上に置いた自分の手の甲をわたしは見ていた。年齢が青い血管を浮かばせて、そこに止まっているようだった。わたしは膝に手を置き直した。

「ひろば」の店内に流れているBGMが、インストルメンタルで「追憶」を奏でていた。『The way we were』。

「社会は危険と矛盾を生産し続ける一方、それらへの対処は個人に押し付ける」。ジークムント・バウマンの言葉を思う。同時に自己責任という、飲みこむことができない言葉も甦ってきた。

「それって自己責任じゃないですかあ？」

語尾をあげるようにして、若いスタッフのひとりが言った。何の話をしていた時だったろう。わたしが逆の意見を抱いていたことだけは覚えている。わたしはあの時、スタッフに何と言ったのだろう。たぶん何も言わなかったに違いない。自分の考えを押し付けなかった、というよりも、億劫《おっくう》に思えたのだった。かつてはもっと丁寧にひとりひとりのスタッフと話して、「ひろば」をやってきたのだったが。

東京電力福島第一原発の過酷事故で県外に自主避難した住民たちの負担について、復興大臣が「自己責任」というようなことを言い、野党側から辞任要求が出されたという報道があった。ひとりの大臣の意識というよりも、閣議の中のムードがそう言わせるのだ。度々、大臣級の失言の多い内閣だった。

「自己責任ではないと思う」と質問したフリーランスの記者に対して、「出ていけ」と大臣は言い放ったという報道も続いていた。

政治家など誰だってやれる。少しの嗅覚と、権威や権力に摺《す》り寄《よ》る巧みさと厚顔、並外れた上昇志向。

あの記者会見に同席した他の記者たちは何を考えていたのだろう。フリーランスの記者ひとりだけに言わせておいていいことではないではないか。

いやな予感がする毎日になってきていた。子どもの本屋を長くやってきて、こんな時代を迎えようとはよもや思ってもみなかった。わたしはわたしの苛立ちを持て余す。どうしたらいいのだろう、とずっと考える毎日だった。そして、これからを思いながら、ふと遠い昔の面接日を思い出す。

「わたしが責任をとれるのは、生まれてからのことだけです。生まれる前のことは、責任とれません」

膝の上に置いた拳が震えていた。とても鮮明な記憶だった。

二十一歳の秋だった。ようやく見つけた言葉を組み立てて、抗議めいて響いていないかと不安になりながら、面接官と向かい合っていた。面接まで来たのだから、なんとかして滑り込みたいという思いが強い。何よりも母を安堵させたかった。

戸籍について訊かれているのだ。丁寧に、快活に、感じよく。応募したのは、わたしのほうなのだから。率直に応えなくては、とわかっているのに、こみ上げる思いを抑えきれるだろうか。

母親が未婚で出産したため、父親がいないこと。非嫡出子であること。戸籍謄本はすでに面接官の手の中にあった。出生にまつわるさまざまな質問の後、

「最後に何か言いたいことがありますか？」

と訊かれて、わたしはそう言ってしまった。わたしが責任をとれるのは……。

それは子ども自身の自己責任ではない。母には父に当たる男性と等分（だろうか？）の責任はあるかもしれないが、母はその責任を人生を賭《と》して支払い続けてきた。

昨夜の電話で久保田広美は言った。

「やたら、あれ、とか、それ、とかが多くなるんだな、会話に。自分や相手の記憶力を刺激するためなのか、『ほらっ』という掛け声も増えている」

「たしかに」

「何かを探そうと部屋を出て廊下を歩いているうちに、何を探していたのか忘れちゃう」

「あるある！　誰かも書いてたわ。……探した何かを使う時間よりも探す時間のほうが長くなったら、あなたの老化ははじまっているって」

「誰が書いてたの？」

「米国の……、わっ、ダメだ、著者の名前を思い出せない！」

「やっぱり」

広美とわたしは爆笑する。広美はかつての出版仲間と食べ歩きの会を作っては、半年に一度ほど会っているという。昨夜もそれに参加してきたと言うのだ。次々に広美が名前を挙げても、思い出せない顔もあった。

「ひとには忘れていいことと、忘れちゃいけないことと、そしてもうひとつ、忘れたいのに忘れられないことがあるんだよね」

広美の口調が突然変わった。

「話したよね？　わたしの母が脳梗塞で倒れた後のこと」

リハビリを兼ねて施設に入所したのだ。遠ざかっていた記憶が甦る。

「入院したての時も、施設に移ってからも、わたし、数えるほどしか母を見舞っていないんだ」

そこまで言って、広美は「ビール、とってくる」と言った。冷蔵庫のドアを開閉する音と、広美が缶ビールのプルトップをあげる音が聞こえた。それから、不意に言った。

「小学校四年だった……」

学校から帰った広美は玄関の前で弟が立っているのを見た。三歳年下の弟が玄関の格子戸の前で泣いているのだった。ランドセルを背負ったままの格好で、弟は一枚の小さな紙を広美に渡した。紙は弟の涙でところどころ濡れていた。

最初に読むのが弟か広美だと想定してのことで、平仮名のメッセージだったという。

「父の妹、叔母からのメモだったわ」

父親が交通事故に遭った。急いで来るように。その後に病院の住所と名が書いてあった。

「弟はメモに書いてあることは理解できるんだけど、どうしていいのか、わからないよね、一年生だもの」

ずっと以前、広美の結婚式で挨拶を交わしたことがある青年を思い出そうとしたが、思い出せなかった。わたしのおぼろな記憶を追い越して、広美は話し続けた。

家に入って、そこらじゅうの引き出しをかき回してお金を集め、弟を連れてタクシーに乗った。姉としてしっかりしなければならない、という思いが広美を支えていた。弟のように泣けたらどんなにいいだろう、本当はわたしも泣きたかった、と広美はため息をつくように言った。

救急病院の正面玄関にあった赤電話から母親が勤めている会社に電話をした。外に営業に出ていて、何時に戻るかわからない、と言われた。

「伝言は？　と訊かれて、父のことを言えずに、早く帰るように、とだけ言ったわ」

病室で父親と対面した。

「死んでた……」

閉店寸前の売店で叔母が買ってくれたジャムパンを牛乳で流しこみながら、広美と弟は母親を待った。それしか、することはなかった。

母親が病院にやってきたのは、夜十時をまわっていた。夕方から集まっていた父方の親類縁者たちは帰った後で、父親は霊安室に移されていた。

「叔母とわたしと弟だけ。きれいに化粧した母は、酔って赤い顔だった。わたしはなんだか父に申し訳ないと思ったの」

父が寝かされた台の前で、酔った母と広美と弟と泣き腫らした目の叔母が黙って立っていた。

「霊安室のあの風景、はっきりと覚えているんだな」

「…………」

病院からの帰り、母と広美たちは三人でラーメンを食べた。

「母はきれいに食べたわ。いまでもよく思い出すの。母親の唇がラーメンのスープでぬめっとしていたこと」

その時、小学四年生の広美は思ったという。

「わたし、このひと、好きじゃない」

広美の母親は六十代のはじめに脳梗塞で倒れ、退院してから一度も家には戻れず、介護施設へ入所した。そうしたのはわたし、と広美は声を落とした。

「冷たい娘だと思う？　酷い娘だと思う？」

わたしは黙っていた。

「母は淋しかったと思う。わかっていたけど、施設を訪ねる気が起きなかったんだ」

だいぶ間があった。

「年をとると。ひとりぐらいには本当のことを話しておきたくなるんだな。わたしに選ばれて、冬子は迷惑でしょうが」

「…………」

「冬子はたぶん完全な介護をしたんだと思う」

「悔いはたくさんあるよ」

「一生懸命やったから、悔いも見えるのよ」

悔い……。あまりにも懸命にやりすぎて、母をかえって疲れさせてしまったことはなかったか。力学を受け入れることのできない性分が、一部の医師を許容できなくなったこともあった。

「わたしには悔いなんて、これっぽちもないもん。たまに母を見舞うのは、義務みたいなものだった。苦痛を伴う義務。母を前にすると、一分でも早くこの場を去りたいと思ったもん。だからほとんど行かなかった。ひとりにされるってことがどんなに心細いか、母にも知ってもらいたいとまで思っていた」

長い沈黙があった。それから広美は言った。

「あーあ、言っちゃったね、わたしの秘密」

「ああ、聞いちゃった」

そう返しながら、わたしはわたしの悔いを数えた。


ひとつ何かを忘れ、そのままにしておくと、その時あなたの脳細胞もひとつ潰れる……。

どこかで読んだことだろうか。科学的に正確なことかどうかはわからないが、それを読んだ時、わたしは梱包材に使うエアパッキン、プチプチと呼んでいるあれを思った。

プチプチと、一時間ごとにわたしの脳細胞が壊れていく。老化そのものに抵抗する気はなかった。むしろエアパッキンのプチッと潰れる音の快さを思い浮かべる。

「もう将来を夢見る必要はない」

そう言った広美との会話を思い出す。

「各種キイ、携帯電話、老眼鏡、キッチン鋏《ばさみ》、花鋏、事務用鋏、ヘアカット用のすき鋏」

広美が息を継ぐと、わたしが割り込む。

「財布、カードケース、診察券、住所録」

「保険証、印鑑登録カード、パスポート」

「それらすべてが揃ったところで、わたしという存在を過不足なく証明することはできないにしても、わたしがわたしを続けるために必要なものかも。でも、それってなんだか悲しいよね？」

広美が並べ立てた中に、マイナンバーはあったろうか。すると、広美が訊いてきた。

「そういえば、あなた、マイナンバーどうした？」

「まだ、とりにも行ってない」

「そうだろうな」

そのうちわたしは、わたしがわたしであることさえ、忘れていくのではないか。完全にそうなる前に、わたしはわたしに何をしてやれるだろう。わたしはわたしが愛した人々が迎えた幾つかの死を思う。多くは未完を抱えながら、その時を迎えていく。

「いつかは死ぬ……。そう思うから、人は生きていける」

男が言った夜があった。ベッドの中、わたしは男の腕に頭をのせていた。

「諦念なんかじゃない。そうだね、もっと不思議な明るい感覚」

ベランダから滑り込んだ外気が、部屋にあった空気と入れ替わっていく。湿度の低い、さらっとした空気だった。

真珠色のフレームの中で、柔らかなニットスーツ姿の母が、うつむき加減にほんのりと笑っていく。その横に男の写真があった。ブルーの濃淡のチェックのリネンのシャツを着た男は、眩しげに目を細めている。

「撮られるのは好きじゃないけれど、写真は心まで写せないから、楽だけどね」

そう言った男。ふたりで鎌倉を歩いた春。近くの雑木林で、鶯《うぐいす》が啼いていた。


「結果は二十三日、火曜日にわかります」

総合病院の循環器科の診察室だった。

医師はパソコンの画面から目を離し、わたしと向かい合って言った。胃カメラから始まった検査はさらに続いて、ＣＴやＭＲＩを受けていた。それらの検査結果が、二週間後にわかるという。

「それでは二十三日九時半に」

ほかに訊きたいことはあった。しかし結果が出てからでもいいことではある。「もしも」という仮定と推測で、医師は何も言わないだろうし、言えないだろう。いまわたしが訊きたいのは、その「もしも」から始まる、仮定と推測の域に入るものばかりだった。

この病院では、若い患者は数えるほどしか見ない。患者のほとんどは年配で、初診より再診と呼ばれる患者が多いのも、待合室という空間でのなにげない会話が教えてくれる。初診者はどことなく落ち着かなく見えるが、一方、相当通い慣れた患者の姿もある。うんざりした様子の患者と、取り組む何かを見つけたかのように晴れ晴れとした表情の患者と。どちらにしても、それぞれがそれぞれの不安を抱えていることに変わりはない。

親子連れや夫婦連れもいた。親子連れの場合は大方は娘が付き添いだった。息子はどこにいるの？　外来という場でも男女共同参画はいまもって実現しているようには見えなかった。

病気は家族の在り方にも影を落としてくる。独りで来るもの、誰かの付き添いを必要とするものもみな、前回の診察から今回までの変化、希望的兆候や悲観的兆候を携えて、受診カードに印字された自分の番号が壁の電光板に記されるのを待っている。それが本人にとって好もしい情報であってもそうでなくとも、患者は前回の診察から自分の身に起きた変化を思いを込めて医師に訴える。言葉にできる場所があることで、自分の弱さを出せる空間があることで、辛うじて心の平衡《へいこう》を保つ……。その場が病院だった。

医師は診断を語り、同時に聞き役も求められる。患者よりも家族が能弁なのも、その家族は主治医に対してしか話せる場がないからなのだ。

みんな生きたがっている。七十九歳も八十八歳も九十一歳も。それは幸せなことなのだろうか。

老いることを許容しない社会。健康であり続けなければならない社会、いつまでも若々しくあらねばならない文化……。

いくつかの死を体験して、子どもの頃の重圧であり、母の介護が始まってから再びの重圧となった死への恐怖は、いまのわたしにはまったくなかった。

わたしが子どもを迎えたいと思わなかったのも、子であることの重さに耐えられないと思ったからかもしれない。この母のために死んではならないという思い詰めた日々。なんという重さだったろうか。わたしという子どもを迎えた母も、同質の重さをずっと抱えていたに違いない。血縁という鎖を先に解くことができたのは、認知症になった母のほうだったが。

九時十五分。洗面所で洗面をすませてから、隣のキッチンにいき、ケトルにミネラルウォーターを注いでガスに火をつける。

コーヒーは控え目にと医師に言われていたが「いまさら控えたところで」、と従う気はなかった。

ケトルがわたしを呼ぶまでの間、ベランダに出て空を見あげる。やさしいブルーの空だ。

「ね、おかあさん、あの色は空色なの？　水色なの？」

母と手をつないだまま、わたしは空《あ》いたほうの手で頭上を指さした日。あの質問は友だちの誰かを真似たものだ。素敵なことを訊く子だと思い、母に訊きたいものだと貯めてきたのだった。

「冬子はどっちだと思う？」

予期に反して母に訊き返されて黙っていると、母が言った。

「冬子が空色だと思えば、空色。水色だと思えば水色と呼べばいいのよ」

母はわたしの質問に、そんな風に答えることが多かった。「あなたが思うように」と言われるとわたしは戸惑ったものだ。ひとつぐらい、「おかあさんが言ったから、そうしたのよ」と言ってみたい欲望もあった。

自由にしていい、というのが母独自の、わたしへのせつない願いであり、見方を変えるなら、無意識の、ある種の支配であったのかもしれない。

それはそれでいい。いまになって、わたしは考える。

ケトルがわたしを呼んでいた。

急いでキッチンに滑り込み、ガスを止める。

湯を沸かしていることを忘れてしまうことが増えた。煮物の鍋を焦がすようになってもいる。せめてケトルぐらいと、ピーピーと警告音がうるさく鳴るのを買い求めたのだった。便利ではあったが、しかしこのピーピー呼ぶ音を聞くたびに、わたしはなぜか腹が立つのだ。

厚手のマグカップに注いだコーヒーを飲みながら、わたしは明日、対峙する検査結果を考える。どんな病名を告げられても、最後は「ま、いっか」と思うだろう。

「いつかは死ねると思うから、生きていける」

男の言葉が甦える。

光の帯がサイドテーブルに並ぶ小さなプランターの中の、さらに小さな緑ひとつひとつを輝かせている。それぞれ親株から挿し木で育ってくれた緑なのだ。

植物でも動物でも、自らが育つのだ。人がそれにかかわれるのは、水やりや日差しを追っての、ちょっとした移動といったほんの些細なことだけだ。育てたなどとは到底言えない。それが、わたしが男との日々と、植物との長いつきあいの中で学んだ最も確かなことのひとつだった。どんなに丹精込めても、枯らしてしまうことがある。緑色のレースのようなアジアンタムとつきあい始めた頃は、何度悔いと失望をつきつけられたことか。アジアンタムが枯れかかると、思い切りよく地際で茎を切って、ところどころに小さな孔《あな》を開けたビニール袋をかぶせ、冬ならバスルームに持っていくいまとは大違いだ。時折りその袋をとってシリンジ、霧吹きで細かな水をしてやれば、ひと月もたつとモヤモヤとした緑が再び生えてくる。男に教えてもらった、それもやり方だった。

「ジャングルみたい」

リビングルームに足を踏み入れた誰もがいう。春から秋にかけては、親株に当たる大きなグリーンはベランダに出す。葉焼けを起こしやすいものは、葦簀《よしず》で直射日光を遮る。そしてたっぷりの水やりをする。その秋一番の木枯らしが吹く頃に親株や大きなグリーンはベランダから部屋に戻してやる。

カーテン越しの光は必要だから、部屋とベランダを仕切るガラス戸に寄せて置くようにしている。しかし、カーテンに絡まったり移動の途中、なにかの拍子に折ってしまったりぐらついたものを挿し木にしてきたのだった。

親株は二メートル半近くになって、間もなく天井につっかえそうなパキラからの小枝をプランターに挿したのは、去年の晩秋だったか。冬の間は数日おきに水やりをするだけでしっかり根がついた。その証拠に、子ども用の緑色の箸のようだった先端から、カールした小さな芽がでている。ユッカの小枝もドラセナも、根付いてくれたようだった。そんな手入れの仕方を、植物ごとに、ひとつずつ教えてくれたのも男だった。

その男は突然、死を迎えた。それを、ただ迎え入れるしかなかった無念さと絶望感が、わたしを母の介護へと猛進させたところはなかったろうか。母を見送ってから、ふっと心に浮かんだ問いだった。


明日、診察室でわたしは医師に訊くだろう。

「率直にお話しいただいて構いません。というより、むしろ率直にお話しいただきたいと思います。小さな会社ですがやってるので、正確に知らないと困ることがあるんです。準備しなければいけないことがありまして」

そうなのだ。わたしは答えを出さなければならないことがあった。しかしそれがわたしの現実であっても、可能な限り切羽詰まった口調を避けなくては。わたしの推測があたっていて、それを告げなければならない時、医師だって神経質にならざるを得ないだろう。それとも、そんなことにはとっくに慣れてしまっているのだろうか。

深刻なことを告げなければならない時、緊張する医師と、そうでない医師と、どちらの医師をわたしは望むだろう。たとえば手術を受けるとしたら？

年をとることで生まれた余裕といったものが確かにある。性急に訊くことより、答えがでることを待てるようになったし、答えを予測するようにもなった。

　母の介護を始めた時、わたしはうるさい娘になると決めた。もの言わぬ認知症の母親を守るにはそういった役割を、敢えてやっていこうと。

　しかし、わたし自身に関しては？　たぶんわたしはさほどうるさい患者にはならないだろう。あの頃わたしは、母をこちら側に繋ぎとめることに腐心していた。しかし、いまのわたしは、「こちら側」にいることに、それほど執着しなくてもいい気がするのだった。七十二歳まで生きてきたのだし……。

　どんなに過酷な状況であっても、医師はかすかな希望的観測を患者に伝えようとすると、米国人医師が書いていた一節を思い出す。

　診察室でパソコンの画面からわたしに視線を移して、医師は語りだす。希望的観測も交えながら。どこまでが現実で、どこからが希望的観測なのか、わたしは注意深く探るだろう。しかも、希望的観測はいまのわたしには不要だった。

　いずれにせよ、明日わたしは答えを手にしているはずだ。それについては明日になってから考えればいい、今日考えても仕方がないことだった。

　夏のそれとは違う、なめらかな光を浴びて輝く緑のひとつひとつに目をやりながら、わたしは思わず深呼吸をしていた。緊張を解くように息を吐いた。

　リビングルームのオフホワイトの壁紙がほのかなオレンジ色に染まっている。床にも明るい帯を作る光の中で、わたしはゆっくりと床に仰向けになる。全身の力を抜いて光に身を委ねて目を閉じる。

自意識などという面倒なものがまだ自分の中に生まれていなかった頃のように、わたしはゆったりと光を浴びていた。

気持ちがいい。今日は最高の日だ。額に、頬に、鼻に、顎に、光の感触を確かめながら、これもひとつの療法になるかもしれない、と光の中に寝て、固まった筋肉を徐々にほぐし、感情が凪《な》いでいくのを待つ。

こんな風な時間の推移を光の伸び具合で判断する朝を、わたしはいままでどれほど持ててきただろうか。

床の上でわたしは寝返りを打って、再び仰向けになる。パジャマの上から胸と腹が光に温められていくのがわかる。スリッパを脱いだ裸足の足の裏も、光が温めてくれている。

七十二歳。

わたしは改めて自分の年齢と向かい合う。いつの間にか、新聞の一面にざっと目を通した後、社会面の訃報に目を通す朝の習慣がついていた。どうしても自分の年齢を基準に考えてしまうから、自分より年下のひとの訃報は気になり、新聞を閉じた後でも尾を引くことがあった。わたしの年齢より早くに亡くなったひと、わたしより何歳か余分に生きたひとの年の差を、数えるようになった習慣。

人生は、一冊の本である。そう記《しる》した詩人がいた。もしそうであるなら、今日までわたしはどんな本を書いてきたのだろう。七十二年の、わたしを生きた年齢という本を。もしそれに色があるとしたら、何色に染まっているのだろう。単色ではないだろうが、どの色が勝っているだろう。わたしは考える。

確かなことはひとつ。若いと呼ばれる年齢にいた頃、気が遠くなるほどの長編と思えた人生という本は実際には、驚くほど短編だったということ。

ひとは誰でも平凡な、けれどひとつとして同じものはない本を一冊残して、そして死んでいく。書店にも図書館にも、誰かの書棚にも古書店にも置かれることはない、一冊の本。誰かがそのひとを思い出す時だけ、頁が開く幻の本。そのひとを思い出すひとがこの世から立ち去った時、一冊の本も直ちに消えるのだ。


「わたし、まだ死なないと思う」

窪んだせいでさらに大きく見える眸《ひとみ》で真っすぐにわたしを見つめてから、深くひと息ついて、村田智子《むらたともこ》ははっきりとした口調で言った。

乳がんから始まった闘病生活だった。乳房温存法について少し語られ始めた頃。よくはわからないけれど、温存法は使えないタイプのがんだと言われた、と智子は寂しく笑って告げた。

「いいの、おっぱいなんて要らない。四十代も終わりなんだから、わたしたち」

智子とわたしは、ほぼ同世代だった。

「いいんだ、おっぱい一個売って、健康を買ったと思えば、かなりお得な買いものだと思う」

そう言い切って、智子は手術室に向かい、右の乳房の全摘手術を受けたのだった。そして二年と四か月。血管やリンパの流れにのって、智子のがんは腰の骨や肝臓に転移していった。抗がん剤の治療のために抜けた髪が再び生えはじめた頃だった。

思い切ったショートカットは、きれいに栗色に染めてセットしていたボブよりも、智子の華やかな顔立ちに柔らかな影を与えていた。

わたしと同じ女子高を卒業してから、智子は服飾の専門学校に通い、青山に小さいニットショップを開いていた。自分でデザインした服だった。

「冬子って、いいお客じゃないわ、うちの店の」

「ごめんね、そういうゴージャスなニットってあまり着ないから」

ラメの糸で編んだロングドレス。着ていくところはなかったし、正直わたしの趣味でもなかった。

「黒のニットスーツ、いつか買ってくれたじゃない」

「あ、オープンの時ね。あれは、ま、ご祝儀ってところ」

　何度目かの退院の時、智子は夫が待つマンションではなく、両親の家に戻った。夫との間に何があったのかは知らない。両親がそう望み、夫が納得したのかもしれなかった。遅くに生まれたひとり娘の智子を、彼女の両親、特に母親は溺愛《できあい》していた。

「時々、母の存在が息苦しくなる」

　いつだったか、智子は言った。

　バブル期だった。一着数万円もするセーターが飛ぶように売れる、と智子は手放しで喜んでいた。その素直さが、彼女の魅力でもあった。

「実家にも経済的に少し手助けしているから、母は、愛情のすべてをわたしのほうに切り替えたみたい。最近、父にとても冷たいのよ」

　智子が話していい、と自分で決めて開示する情報をただただ聞く。特に智子が病を得てからは、そうすることしか、わたしにはできなかった。

　智子の実家のすぐ前にある公園の大銀杏が、智子が横たわる二階の部屋の窓の近くまで枝を差し伸べていた。それを見ながら智子は力なく言った。

「夏も終わり、か」

　夕暮れの蟬の声が聞こえていた。化粧気のない彼女の顔は、わたしがいままで見たなかで最も美しかった。余分なものがすべて、そぎ落とされたような透き通った美しさだった。

「彼がね」

智子は夫のことをそう呼んだ。

「スーパーで、わたしへの花を買ってくるの」

スーパーで、と智子は繰り返した。

「なにも高い花でなくてもいいんだけど、どうしてスーパーなんだか、母に見られたくないわ」

「いいじゃない、どこで買っても」

わたしもそのことに気づいていた。話題の中心に自分がいつもいないと満足しない、どことなく気弱な男だった。淋しい生き方をしてきたのかもしれない。

「ヴェルサーチの財布から小銭を出して、ひと束二百五十円の、花びらの縁が萎《しお》れて丸まったカーネーションを買ってくる。なんだかさあ、悲しくなっちゃう」

このところ、夫に関する智子の愚痴が増えていた。あの時も、この時も、と智子は続けた。「彼は、わたしが個室に入院すると言ったら、反対したのよ。わたしがわたしのお金で払う入院費用なのに」

夫への怒りの数々をわたしに吐き出す智子。溜まった感情を吐き出すことが、いまの智子には必要なのだろうか。しかし、そうしてしまったことを智子は悔やまないだろうか。少ない言葉でわたしは応じる。

「彼は、彼の収入で、あなたの入院をサポートしたいと思ったんじゃない？」

「あのマンションだって、わたしの両親が買ってくれた。車だってわたしが買った。で、彼が買ってくれたものといえば、スーパーの花ってわけ？」

いつ見舞っても、夫の話を聞くだけになっている。そんな話ができるのは、きっとわたしだけなのだろうと思うしかなかった。それが少しでも智子の気持ちを晴らすなら……。

「ね、智子。ジェラート、買って来たんだけど」

「食べさせて」

わたしが持参したジェラートが入ったボックスを、智子は少しだるそうに指さして言った。透き通るように白く細い指になっていた。瘦せるということは指先までも細くすることなのか。

「おいしい。冷たいのが気持ちいい」

そうは言いながら、智子は二匙だけ口に入れて、もういいというように薄い手で遮った。そして突然言った。

「三度目に入院した時、彼は仕事だと言って、病院まで送って来なかったの。大した仕事なんてないくせに」

彼は自宅でグラフィックデザインの仕事をしている。

「すごく寒い日で、わたしは風邪を引いたらいけないと思って、厚着をして、道路でタクシーを待っていた。電話でタクシーを呼べばよかったんだけど、タクシーを待っている間、彼と同じ部屋に居ることさえいやだった。寝間着や下着やカーディガンや、冬物でかさばったボストンバッグと大きな紙袋を持って空車を待っていた時……。わたしは思ったわ、いまは死ねない、いまはわたしは死んではいけない、って。わたし、彼と離婚してからでないと、死ねないって」

なんという話をはじめるのだ、智子は。わたしは、辛い気持ちでやつれた智子の頬を見ていた。

「何度も離婚を考えたわ。でも、その度に踏みとどまった。なぜなんだろう。彼と結婚したという自分の選択が間違っていたと、認めたくなかった。母の反対を押し切っての結婚だったから。離婚は、わたしの選択への、わたしからの否定だったもの」

智子はそう言って深いため息をついてから、目を閉じた。寝息は静かだった。

智子は公園の銀杏の葉が黄色くなるのを待たずに死んだ。離婚は果たせなかった。葬儀は夫ではなく、智子の父親の名で営まれた。

街にクリスマスイルミネーションが点滅していた。

小型のクリスマスケーキが入った箱と絵本を抱えて、わたしは病院の玄関を通った。顔見知りになった受付の女性が、リースを背に会釈を送ってきた。三階のいちばん奥の部屋。ドアの上に和貴子《わきこ》の名があることを確かめてから、いつものようにそっとドアを開ける。

和貴子は眠っていた。

私大で英語学とジェンダー論を教えていた。前期の授業が始まる前に履修する学生の名前をフルネームで全員覚えること。和貴子には、そんなことを自分に課すようなところがある。厳しくて、真剣でいい教師だと思う。

病院をかえたという突然の電話だった。

「ペイシェント、忍耐強いことを、患者であることを求めるあの病院はわたしからお断り」

米国や英国の大学に留学していた和貴子の発音はいつ聞いても心地いい。そのあと急に、池袋の小さな病院に居るから来て、と和貴子は言った。来てくれる？　ではなく、来て。自分の思いに、和貴子ほど率直なひとをわたしは知らない。

「もちろん、行く。何が欲しい？」

沈黙があって、ほどなくして和貴子は小さく言った。

「やばいな、ほしいものがなくなっちゃうなんて」

「あなたに、ほしいものがなくなっちゃうなんて」

和貴子の言葉を繰り返してみせて、彼女を笑わせようと試みた。

洋服はどこどこ、靴やバッグはどこどこの、と和貴子の好みは驚くほどはっきりしていた。

十一月末までは底に車輪がついた酸素のボックスを引っ張って、教場にいた和貴子だった。

手術を最初に受けたのは米国の病院だった。手術の翌日には国際電話をしてきて、わたしを驚かせた。「子宮体がんだったの」と言った。

「頸がんのほうがよかったんだけど。あいにく体がん。オンコロジスト、がん専門の医師もいるし、セラピーも相談にのってくれる。さすが訴訟王国、説明はこのうえなく、丁寧というか抜かりなくって感じだわ」

受話器の向こうで、笑っているように聞こえた。

「わたし、出世したいの。権力がほしい。学生にとって本当にいい大学にしたい。そのためには決定権が要るの。教授会のたびに、わたしの胃壁は真っ赤になっているはずよ。潰瘍がひとつ、またひとつと増えていく。だって、だーれも学生のことなんて考えていない。次の総長は誰か。次の学部長はって。ＮＨＫのニュース番組でインタビューを受けて、たった数秒自分の肩書きと名前がうつしだされ、コメントが二十秒ぐらい流れただけでも鼻高々。岩波書店から共著がでた。もちろん、先生、素晴らしいですね拝読しましたよって、やたら小難しい、誰が読むかと思うような論文を、誉め合う長々とした儀式。学校が用意した冷めた幕の内弁当をつつきながら」

　和貴子はいつだってジェンダー論の基本である批判精神を小柄な身体にみなぎらせていた。恵まれた家庭で、ずっと勉強と研究に専心してきたせいだろう。世事にどこか疎《うと》く、子どもっぽいところがないではないが、それも彼女の魅力だった。

「研究をまとめたい。日本の子どもたちになぜ、こんなにも将来への夢がないのか。成績だって悪くないのに、なぜ自分というのがだせないのか？　自己肯定意識がなぜ低いのか。なぜこんなにも自信を喪失しているのか。ひとりが大声でまくしたてると、なぜ従順に従ってしまうのか。自分であることを愛せていないんだな。米国と北欧と日本の十三歳を比較した本をまとめたい。……付和雷同って意味じゃ、教授会も学生たちと同じ。他の大学の学長だった理事長は、文部省に顔が利くと言うんで横滑りしてきたひと。八十九になっても、理事会だけはご参加。大学での印籠《いんろう》は、文部省ね」

文部科学省と名称が変わる前のことだ。

「悪口、聞いて」から始まる和貴子の電話。

「悪口と思われるのはいやだけど」。大方の女はそう言ったが、和貴子は違っていた。そして彼女の悪口は、すぐに熱い教育論に変わった。怒りの間欠泉。和貴子の率直さを、わたしは愛していた。

「クリスマスプレゼント、ちょうだい」

シルクの卵色のパジャマを来た和貴子はベッドから手を伸ばした。ベッドの上の壁には留学先で出会った海外の友人たちからのクリスマスカードが貼ってあった。わたしが持っていったギフトを和貴子は自分で剝がしかけて、途中で言った。

「とってくれる？　だるいな」

絵本が入った包みをわたしのほうに押し返して、忙《せわ》しなく訊いた。

「今度いつ来る？」

「明後日の夕方」

「じゃ、アイスクリーム、買ってきて。暖房が効きすぎるの、この部屋。アイスクリームはゴディバがいい」

長い時間は留まることが許されていない病棟だった。

「そろそろ」と立ち上がったわたしに、「ねっ」と和貴子が指さした。

「うん？」

和貴子の指先に、ティッシュペーパーの箱がある。

「とって」

箱ごとベッドの横の床頭台《しょうとうだい》に戻して、その中から一枚引き抜いて、和貴子に手渡した。和貴子の目の縁に光るものがあることに、わたしはさっきから気づいていた。何ができるだろう。何を言えるだろう。正直、逃げ出したい辛さに押されていた。目もとを押さえるように拭いて、和貴子は黙ったまま、使ったティッシュをわたしに差し出した。

「ね、捨てて」

「も、手のかかる病人だな」

「うーんと手をかけて、わたし、明日をも知れぬ身だから」

笑いながらわたしは手渡された一枚のティッシュをベッド脇のくず籠に捨てた。

「もうひとつ頼んでいい？」

「何を頼まれるかによってイエスになるかノーになるか。それに和貴子が疲れちゃう、こんな長い時間、わたしとつきあって」

「冬子がわたしとつきあってくれてるのよ。妙な気配りしないでいいって。疲れたら、帰ってと言うから」

「で、何を頼みたいの？」

これを読んで、と和貴子はその夜わたしが持ってきた絵本の中の一冊を一方の手で持ち上げた。

「重たいから、早く！」

バーバラ・クーニーの『ルピナスさん』。原書のほうを選んだのだ。
……ルピナスさんは小さなおばあさんですが、むかしからおばあさんだったわけではありません。The Lupine lady is little and old. But she has not always been that way.
十二月二十七日、和貴子は死んだ。

「内藤路子様
わたしは、むかしからおばあさんだったわけではありません。しかしいまは、おばあさんになりつつあります。だから、この手紙を書くことにしました。
いろいろと考えた末の結論です。といっても選択権はあなたにあります。どうか重たく感じないでください。あなたに「ひろば」を譲りたいと思います。銀行からの借入金もすべて返済ができています。あなたをはじめ、スタッフたちのおかげです。会社を受け取り人として、わたしには生命保険がかけてあります。かなり無理をして毎年かけてきたので、わたしがいなくなった時、税金を支払った後のものは、「ひろば」待望の！　内部留保となってくれるはずです。路子さんを養女とするのが、いちばんの節税になるのですが、それについてはまだ少しは時間がありそうなので改めて。
七十過ぎても居させてください……。あなたはそう言いましたね。もし、あなたがいまもそう望むのなら、あなたが「ここまで」という時がやってくるまで、「ひろば」を続けてください。もし、あなたがそう望まないなら、売却することも可能です。スタートした時は「ひろば」だけだったあの通りも、周囲にいろいろな店ができたので、売れないことはないと思います。

まずは、考えてください。まだしばらくは、わたしもサポートできると思いますが、この際、あなたに完全に譲って、わたしは気が向いた時にひとりのお客として「ひろば」を訪ねたいと思います。もちろん思いあぐねたことがあったら、いつでもご相談を。

あなたの最愛のひとが電力会社に勤めていたことを、彼を見送る会で、わたしははじめて知りました。わたしが反原発の活動もしているので、あなたには気を遣わせてしまいましたね。ごめんなさい。

詳しくはまたパスタなど食べながら、話をさせてください。「ひろばのろこさん」はきっと素晴らしい店主になると思います」

明日告げられる検査結果がどんなものであろうと、今夜中にこの手紙を投函しよう。愛するひとたちはすでに見送ってしまっていた。

「ひろば」のロゴマークが入ったレターペーパーの末尾に署名し、日付けを記して、封筒に入れ終えた時、わたしは長い間、封印していた涙が頬を伝うのにまかせた。

わたしはもういつ死んでもいいのだ……。

いつでも死ねる。

それは、なにより大きな安堵だった。心残りもない。それは、大きな解放、自由だった。

もうしばらくは泣いていよう。わたしはそう決めて、涙の感触を楽しんだ。

「もう、泣いてもいいんだよ」

そんな声が聞こえるような気がした。わたしが愛した、そして見送ったひとたちの誰かの声に思えた。

あとがきにかえて
「その朝、彼女に手紙を書いた」

落合恵子

いつもはメールか電話での連絡が多いのに、今日はなぜか手紙を書きたくなりました。

吹き抜けていく風はまだ冷たいですが、日差しは驚くほど明るく眩しい2月の朝です。

冬子さんは今頃きっと、大好きなあの小さな庭で、ムスカリやチューリップ、アネモネに水やりをしているに違いありません。そんな時に電話のベルを鳴らしてはいけない、と思いました。

お元気ですか?

なんだか一向に気分の晴れない日々が続いていますが。

お元気ですか？　冬子さんなら、「お元気ですか？」のそのあとに、「元気でいてください」というフレーズをたいてい続けるのでしたよね。そして、さらにそのあとに、「でも、いつも元気なんてウソ！」という言葉が続く手紙を、もうずいぶん昔、わたしが少々自棄《やけ》気味に世の中を斜めに見ていた頃、冬子さんから受け取ったことがありました。

そんなに頑張って、「元気なわたし」でなくてもいいんだよ、たまには疲れた〜、たすけて〜と叫んでいいんだよ。

冬子さんはいつも、妹の世代にそんなメッセージを贈ってくれていました。かつても、いまもなお。

どうしようもない時は、遠慮しないで、名前を呼んでよ。どこで何をしていても走っていくから、と。そう、まるでキャロル・キングの『きみの友だち』の歌詞みたいに。

で、「いっつも元気なんてウソ！」という言葉を誰かには贈りながら、元気がない日があって当たり前とひとには言いながら、冬子さん自身はけれど、決して「疲れた」とは言わないし、誰かにSOSを発したりもしないひとなんですよね。

それがわたしの、不満でもあり、不思議でもあるのです。

ひとには疲れたと言っていいんだよと言いながら、自分には疲れたとは言わせない……。これって矛盾じゃないですか？　自分への縛りが強すぎませんか？　カッコつけすぎでは？

他者に向けては「元気なわたし」を崩さないひとの、こころの奥の奥にあるのは一体、どんな風景なのでしょうか。

冬子さんを見ていると、つい考えてしまいます。ええ、わたしはかなり熱心な冬子さんの観察者であると思うのです。

いつだったか、それに対して小さなヒントのようなことを冬子さんが言った夜がありました。

覚えていますか？　20年以上も前のこと。地下鉄の車内で、です。

「わたしはいやなんだ、誰かを強引に、自分の渦に巻き込んでしまうのが」

まずはそう言ったのです。

「とても負担なんだ、誰かの渦に巻き込まれるのもいやだし、誰かを巻き込むこともね。……ひとは誰もが、心の奥底に、小さい、でも深い淵を持っていて、そこにはいつも渦が巻いていて……、足をとられると、その中に巻き込まれて、溺れてしまうかもしれない。溺れるのも、溺れさせるのも、こわい。だからわたしは、わたしの渦には立ち入り禁止、他者の渦にも立ち入り禁止って。臆病なのよ、きっと」

そんな風に、冬子さんは言っていました。

「そうは言っても、そうもいかないことがあるのが、ひとの厄介なところで……」

そう言って小さく笑ってから、冬子さんは電車を降りていったのですね。

席に座ったままのわたしがホームのほうを振り返ると、冬子さん、降りたところに立って、耳の横で掌を小さくひらひらさせて、口の形だけで何か言ったのです。唇の形から、わたしは読み取ろうとしたのですが、失敗に終わりました。

＊

いつか言ったことがありましたね。冬子さんを主人公にして一冊の絵本を描いたら、どんな本になるのかと考えることがあります、と。

冬子さんは好きな南瓜のプリンを頬張りながら言いました。

「子どもたちは見向きもしないし、大人も退屈する絵本にしかならない。ボツ！」

絵本を見くびらないで、とも言いました。

「ねえ、大人の小説のほうが高度で、文字が少ない分、絵本や児童文学のほうが書くのも味わうのも簡単だなんて、大間違いだから」

最後は、冬子さんお得意の絵本談義になっていましたが。

でも、わたしは想像するのです。冬子さんのようなひとが、隣人だったら、そして季節ごとにあの小さな庭に、その季節でしか出会えない一年草や多年草、宿根草を育てている隣人だったとしたら、って。

休みの日には、小さな庭の古いガーデンチェア……お母様のお気に入りの椅子でしたね？……に座って、お茶を飲みながら次の季節に向けて、何の種子を蒔こうかとカタログを繰っている冬子さん。その姿を遠くでスケッチしたら、どんな言葉を、そのスケッチに添えるか。そんなことを考える瞬間があります。

「どんな言葉を添えるか、わたしが居なくなるまでに考えておいて」

冬子さんは、いつか電話でそう言っていましたね。

わかっています、最期はどんな風に見送るかも。約束は守ります。

明るい光の中、冬子さんは海に還るのですね。

内藤路子さんと「ひろば」の仲間たち、そしてわたしたち古くからの友人とで見送るのですね。

「波が少し高くても、船酔いしないように身体を鍛えておいて」

はい、鍛えておきます。

あと半月もすれば、3月11日です。あの日から10年がたつのですね。
10年という時間は、わたしたちに何をもたらし、何を奪い、何を希薄にし、何を色濃くしていったのでしょう。

*

「生きている限り、ひとは、生きていくしかないんだよ」
いつだったか、とても軽やかに、とても穏やかに、冬子さんが言った言葉が、いまわたしのこころの真ん中にあります。

2021年2月

あなたの女友だちより

[主要引用・参考文献]

『アンジュール　ある犬の物語』（ガブリエル・バンサン＝絵文　もりひさし＝訳／BL出版／一九八六年）
『はなをくんくん』（マーク・シーモント＝絵　ルース・クラウス＝文　きじまはじめ＝訳／福音館書店／一九六七年）
『はなのすきなうし』（ロバート・ローソン＝絵　マンロー・リーフ＝文　光吉夏弥＝訳／岩波書店／一九五四年）
『ルピナスさん　小さなおばあさんのお話』（バーバラ・クーニー＝絵文　掛川恭子＝訳／ほるぷ出版／一九八七年）
『オレゴンの旅』（ルイ・ジョス＝絵　ラスカル＝文　山田兼士＝訳／セーラー出版→らんか社／一九九五年）
『沈黙の春』（レイチェル・カーソン＝著　青樹簗一＝訳／新潮社／一九六二年）

＊一四九ページ「……科学者の一人一人に人類の幸福に関わりあっているという自覚なしには、科学の発展を、資本の生産性、利潤率を求めるものとして要求する国家権力の前では、科学者は無力である。」は、所美都子『わが愛と叛逆』（前衛社／一九六九年）より引用しております。

＊本書は二〇一八年四月、弊社より同タイトルで単行本として刊行されました。
文庫化に際し加筆修正の上、「あとがきにかえて」を収録しております。

泣《な》きかたをわすれていた

二〇二一年 四 月二〇日 初版発行
二〇二四年 五 月三〇日 4刷発行

著 者 落合恵子《おちあいけいこ》
発行者 小野寺優
発行所 株式会社河出書房新社
〒一六二-八五四四
東京都新宿区東五軒町二-一三
電話〇三-三四〇四-八六一一(編集)
〇三-三四〇四-一二〇一(営業)
https://www.kawade.co.jp/

ロゴ・表紙デザイン 粟津潔
本文フォーマット 佐々木暁
本文組版 KAWADE DTP WORKS
印刷・製本 TOPPAN株式会社

Printed in Japan ISBN978-4-309-41806-3

JR上野駅公園口

柳美里　41508-6

一九三三年、私は「天皇」と同じ日に生まれた——東京オリンピックの前年、出稼ぎのため上野駅に降り立った男の壮絶な生涯を通じ描かれる、日本の光と闇……居場所を失くしたすべての人へ贈る物語。

ねこのおうち

柳美里　41687-8

ひかり公園で生まれた6匹のねこたち。いま、彼らと、その家族との物語が幕を開ける。生きることの哀しみとキラメキに充ちた感動作！

おらおらでひとりいぐも

若竹千佐子　41754-7

50万部突破の感動作、2020年、最強の布陣で映画化決定！　田中裕子、蒼井優が桃子さん役を熱演、「南極料理人」「モリのいる場所」で最注目の沖田修一が脚本・監督。すべての人生への応援歌。

ひとり日和

青山七恵　41006-7

二十歳の知寿が居候することになったのは、七十一歳の吟子さんの家。奇妙な同居生活の中、知寿はキオスクで働き、恋をし、吟子さんの恋にあてられ、成長していく。選考委員絶賛の第百三十六回芥川賞受賞作！

窓の灯

青山七恵　40866-8

喫茶店で働く私の日課は、向かいの部屋の窓の中を覗くこと。そんな私はやがて夜の街を徘徊するようになり……。『ひとり日和』で芥川賞を受賞した著者のデビュー作／第四十二回文藝賞受賞作。書き下ろし短篇収録！

風

青山七恵　41524-6

姉妹が奏でる究極の愛憎、十五年来の友人が育んだ友情の果て、決して踊らない優子、そして旅行を終えて帰ってくると、わたしの家は消えていた……疾走する「生」が紡ぎ出す、とても特別な「関係」の物語。

ふる

西加奈子　41412-6

池井戸花しす、二八歳。職業はＡＶのモザイクがけ。誰にも嫌われない「癒し」の存在であることに、こっそり全力をそそぐ毎日。だがそんな彼女に訪れる変化とは。日常の奇跡を祝福する「いのち」の物語。

引き出しの中のラブレター

新堂冬樹　41089-0

ラジオパーソナリティの真生のもとへ届いた、一通の手紙。それは絶縁し、仲直りをする前に他界した父が彼女に宛てて書いた手紙だった。大ベストセラー『忘れ雪』の著者が贈る、最高の感動作！

すみなれたからだで

窪美澄　41759-2

父が、男が、女が、猫が突然、姿を消した。けれど、本当にいなくなってしまったのは「私」なのではないか……。生きることの痛みと輝きを凝視する珠玉の短篇集に新たな作品を加え、待望の文庫化。

永遠をさがしに

原田マハ　41435-5

世界的な指揮者の父とふたりで暮らす、和音十六歳。そこへ型破りな“新しい母”がやってきて——。親子の葛藤と和解、友情と愛情。そしてある奇跡が起こる……。音楽を通して描く感動物語。

椿の海の記

石牟礼道子　41213-9

『苦海浄土』の著者の最高傑作。精神を病んだ盲目の祖母に寄り添い、ふるさと水俣の美しい自然と心よき人々に囲まれた幼時の記憶。「水銀漬」となり「生き埋め」にされた壮大な魂の世界がいま蘇る。

ウホッホ探険隊

干刈あがた　41582-6

「僕たちは探険隊みたいだね。離婚ていう、未知の領域を探険するために、それぞれの役をしているの」。離婚を契機に新しい家族像を模索し始めた夫、妻、小学生の二人の息子達を、優しく哀切に綴る感動作！

カルテット！

鬼塚忠　41118-7

バイオリニストとして将来が有望視される中学生の開だが、その家族は崩壊寸前。そんな中、家族カルテットで演奏することになって……。家族、初恋、音楽を描いた、涙と感動の青春＆家族物語。映画化！

こんこんさま

中脇初枝　41195-8

「あたしの家、幸せにしてくれる？」お稲荷さんがあるために「こんこんさま」と呼ばれる屋敷に、末娘が連れてきた占い師。あやしい闖入者により、ばらばらだった家族が一転して――家族再生のものがたり。

すいか　1

木皿泉　41237-5

東京・三軒茶屋の下宿、ハピネス三茶で一緒に暮らす血の繋がりのない女性４人の日常と、３億円を横領し逃走中の主人公の同僚の非日常。等身大の言葉が胸をうつ向田邦子賞受賞、伝説のドラマ、遂に文庫化！

すいか　2

木皿泉　41238-2

独身、実家暮らしＯＬ・基子、双子の姉を亡くしたエロ漫画家の絆、恐れられ慕われる教授の夏子、幼い頃母が出て行ったゆか。４人で暮らしたかけがえのないひと夏。10年後を描いたオマケ付。解説松田青子

昨夜のカレー、明日のパン

木皿泉　41426-3

若くして死んだ一樹の嫁と義父は、共に暮らしながらゆるゆるその死を受け入れていく。本屋大賞第２位、ドラマ化された人気夫婦脚本家の言葉が詰まった話題の感動作。書き下ろし短編収録！解説＝重松清。

くらげが眠るまで

木皿泉　41718-9

年上なのに頼りないバツイチ夫・ノブ君と、しっかり者の若オクサン・杏子の、楽しく可笑しい、ちょっとドタバタな結婚生活。幸せな笑いに満ちた、木皿泉の知られざる初期傑作コメディドラマのシナリオ集。